OETINGER TASCHENBUCH

Thomas Schmid, 1960 in Landshut / Bayern geboren, wollte als Kind entweder Stuntman oder Schriftsteller werden. Zum Glück entschied er sich, Literatur-, Theater- und Kommunikationswissenschaften zu studieren und freier Autor zu werden. Heute schreibt er Geschichten für Kinder und Jugendliche, Drehbücher für Film und Fernsehen sowie für den Hörfunk. Er lebt mit seiner Frau und seinen drei Kindern in Niederbayern.

Thomas Schmid

Die Wilden Küken

Mit Illustrationen von Edda Skibbe

Oetinger Taschenbuch

MIX
Papier aus verantwortungsvollen Quellen
FSC® C014496
www.fsc.org

Das für dieses Buch verwendete FSC®-zertifizierte
Papier Danube liefert Salzer Papier, St. Pölten, Austria.
Der FSC® ist eine nicht staatliche, gemeinnützige Organisation,
die sich für eine ökologische und sozialverantwortliche
Nutzung unserer Wälder einsetzt.

1. Auflage 2015
Oetinger Taschenbuch GmbH, Hamburg
Dezember 2015

Titelbild und Illustrationen: Edda Skibbe
Druck: GGP Media GmbH, Pößneck
ISBN 978-3-8415-0389-3

www.oetinger-taschenbuch.de

»Keine alleine, alle oder keine!«

Mitten auf der Brücke blieb Lilli stehen. Der Schulrucksack klebte ihr am Rücken, keuchend stützte sie sich auf ihren Knien ab und verschnaufte erst mal. Die Hühnerfeder, die sie an einem Lederband um den Hals trug, baumelte vor ihren Augen. Kurz schoss Lilli der Gedanke durch den Kopf, die Feder einfach in den Fluss zu werfen.

Sie strich sich die verschwitzten Locken aus der Stirn und erschrak. Wo war ihre Haarspange? Hastig fuhr sie sich durch die Haare. Die Igelhaarspange – sie war weg.

»Mama«, murmelten Lillis Lippen. Und das taten sie nur, wenn es Lilli richtig schlecht ging.

Am liebsten hätte sie geweint. Aus Wut über das, was passiert war, und aus Angst davor, was passiert sein könnte – und wegen der Igelspange.

Aber ein *Wildes Küken* weint nicht. Und die Anführerin der *Wilden Küken* erst recht nicht. Und Lilli war doch das Oberküken, oder?

Wieso hatte sie auch gleich am ersten Schultag schon wieder ihre Klappe nicht halten können?

Auf dem Wasser trieb ein einsamer Ast flussabwärts. Erst

jetzt fiel Lilli ihr Fahrrad ein. Das hatte sie glatt vergessen! Einfach an der Schule stehen gelassen. Was sollte sie jetzt tun?
Ich hätte auf Bob und Verena warten sollen, dachte Lilli und fügte in Gedanken noch schnell hinzu: Ole wird schon nichts passiert sein.

Lilli sperrte die Haustür auf, ließ ihren Schulrucksack neben dem Schuhregal fallen und ging dann nicht nach links in die Wohnung, sondern gleich weiter durch die Hintertür Richtung Garten.
»Und?« Mit einem Schreinerbleistift in der Hand kam Lillis Vater aus seiner Werkstatt. »Wie war der erste Tag in der 5a?«
Seine langen Haare waren zu einem Zopf zusammengebunden und voller Sägemehl.
»Wir haben Bobs Tante als Klassenlehrerin!«
Ihr Vater zog eine Augenbraue hoch.
Lilli schwieg.
Ein winziger Sägespan zitterte auf einer seiner Wimpern. »Ist was passiert? Sonst sprudelst du doch immer gleich drauflos, wenn du aus der Schule kommst.«
»Ich kümmer mich um die Hühner, ja?« Lilli drehte den Wasserhahn vor der Werkstatt auf und ließ Wasser in die Gießkanne laufen.
»Über die Hühner müssen wir uns sowieso mal unterhalten.« Lillis Vater kratzte sich mit dem Bleistift im Nacken,

steckte ihn hinters Ohr und verschwand in seiner Werkstatt.

Lilli schleppte die Gießkanne zum Gewächshaus. Zusammen mit Bob und Verena hatte sie die vordere Hälfte des alten Gewächshauses zu einem Hühnerstall umgebaut. Mit einem Ächzen hob Lilli die Gießkanne über den Zaun des Freigeheges, das sie aus den Metallgittern vom Komposthaufen errichtet hatten. Gut für die Hühner, schlecht für den Kompost, der ohne die Gitter ein wachsender Hügel war, der sich bis ins Gras ausbreitete.

Lilli goss Wasser in die Hühnertränke. Emma, Isolde, Huberta, Dolli und Kokoschka drängten sich gackernd um ihre Beine. Die freche Huberta pickte an Lillis Sandalen herum. Nur Klara blieb wie immer erst mal auf Abstand und lief nervös nickend auf und ab.

Im Gackern und Glucken der Hühner lösten sich Lillis Sorgen auf. Am liebsten hätte sie leise mitgegackert.

Eigentlich gehörten die Hühner ja Sprotte, Frieda, Trude, Melanie und Wilma. Und diese fünf waren die coolste Mädchenbande der Welt. Die *Wilden Hühner* eben.

Aber auf ihrer letzten Klassenfahrt hatten die *Wilden Hühner* beschlossen, erwachsen zu werden. Lilli fand das total doof. Wer wollte schon lieber zu den Erwachsenen gehören als zu einer Bande? Gar nicht doof hingegen fand Lilli, dass Bob, Verena und sie jetzt so etwas wie die Nachfolgerinnen der *Wilden Hühner* waren. Und weil Sprotte in den Sommerferien mit Fred nach Amerika hatte fliegen wollen, Trude

mit Steve nach Dänemark gefahren war, um ihren gemeinsamen Freund Torte zu besuchen, Wilma einen Theaterworkshop in Hamburg absolvierte, Melanie im Kosmetiksalon jobbte und Frieda mit Willi durch die Uckermark radelte, hatten die *Wilden Hühner* ihre echten Hühner bei den *Wilden Küken,* also bei Lilli, Bob und Verena, einquartiert.
Lillis Gedanken wirbelten genauso durcheinander wie heute in der Schule, als Frau Wilhelms sie gefragt hatte, wie sie denn ihre Ferien verbracht hätten. Da war Lillis Fantasie wieder mal mit ihr durchgegangen, und sie hatte Sachen erzählt, die sie vielleicht gern erlebt hätte, aber garantiert nicht erlebt hatte. Ein bisschen geflunkert eben. Was aber noch lange kein Grund war, dass dieser Ole gleich so blöd über sie herziehen musste.
Bevor sich in ihrem Kopf alles zu drehen begann, nahm Lilli schnell Huberta hoch und setzte sich mit ihr auf den Deckel der Futterkiste. Erst pickte Huberta nach Lillis Ohrläppchen, aber als Lilli sie streichelte, gurrte sie nur noch leise vor sich hin. Lilli fühlte ihr eigenes Herz und das des Huhns schlagen. Einen Augenblick schien es, als wäre ein Huhn zu umarmen das richtige Rezept, um die Zeit anzuhalten, aber dann wurde Huberta zappelig, kratzte Lilli mit ihren Krallen und sprang flatternd zu den anderen Hühnern an die Tränke.
Lilli streute ihnen noch eine Handvoll Getreide hin und verschloss dann sorgfältig den Deckel der Futterkiste. Das war nötig, denn Hühner sind kluge Tiere, und gemeinsam

schaffen sie die unmöglichsten Dinge. Huberta hatte Isoldes Rücken schon mal als Sprungbrett benutzt, um an die Dolden vom Holunderbaum zu kommen, der neben dem Gewächshaus wuchs.
Lilli kletterte über das Hühnergatter. Gleichzeitig erklomm jenseits der Hecke Herr Röhrich eine alte Klappleiter und streckte sich nach den Äpfeln in seinem Apfelbaum.
»Rechts von dir, Hans-Dieter!« Die Nachbarin dirigierte ihren Mann von der Terrasse aus mit dem Besenstiel. »Da hängen ganz viele!«
Herr Röhrich stieg eine Leitersprosse höher und griff nach links.
»Rechts!« Frau Röhrichs Stimme wurde ungeduldig. »Direkt vor deinem Kopf!« Sie fuchtelte mit dem Besen herum wie mit einem Taktstock.
Als er sich nach rechts wandte, entdeckte Herr Röhrich Lilli neben dem Hühnergatter. »Wasch dir bloß die Hände, Mädchen, wenn du das Drecksvieh angefasst hast.«
Das alte Ehepaar hatte eine erwachsene Tochter, mit der es aber schon seit Jahren zerstritten war. Lilli konnte sich nicht erinnern, sie jemals bei den Röhrichs gesehen zu haben.
»Und kämm dich mal ordentlich«, moserte Herr Röhrich.
Lillis wilde Locken zu kämmen, hatte gar keinen Sinn, die wuchsen in alle Richtungen und ringelten sich, wie sie wollten.
Lilli lächelte nur.
Frau Röhrich schleppte einen Gartenstuhl zum Apfelbaum.

»Ihr fehlt halt die Mutter.« Sie stieg auf den Stuhl und stieß mit ihrem Besen gegen einen Ast.

Lilli hörte Äpfel ins Gras fallen. Was bei Röhrichs wuchs, war eigentlich kein Rasen, sondern ein grüner Teppich, so dicht und getrimmt wie er war. Herr Röhrich deutete auf Lillis Kopf. »Was ist denn das überhaupt für eine Frisur?!«

»Was ist denn das überhaupt für eine Frisur«, äffte Lilli ihn nach, aber so leise, dass man es jenseits der Hecke nicht hören konnte.

»Der Vater hat doch dafür keinen Sinn«, meldete sich Frau Röhrich wieder zu Wort. »Da fehlt einfach die weibliche Hand.«

Das mit der weiblichen Hand nervte Lilli wirklich! Und Frau Röhrich ließ keine Gelegenheit aus, es zu wiederholen. Um sich nicht weitere Gemeinheiten anhören zu müssen, lief Lilli rüber zu ihrer Weihnachtsinsel.

Der Garten war natürlich nicht der Indische Ozean und Lillis Weihnachtsinsel keine echte Insel, sondern einige nah beieinanderstehende Tannen, die ein weicher Boden aus Moos und Nadeln umgab. In den Zweigen glitzerten noch immer die Christbaumkugeln, die Lilli vorvorvorletzten Winter dort aufgehängt hatte. Lilli spannte ihre Hängematte nach, legte sich hinein und schaukelte ein wenig hin und her. Hier konnte man sie vom Nachbargarten aus nicht sehen.

Die Nadelbäume verströmten ihren harzigen Duft. »Zickzickzick zieee zickzick zieeeh«, ertönte der Ruf eines Rotkehlchens. Lilli lehnte sich zurück. Das heute, das war der schlimmste erste Schultag ihres Lebens. Sogar noch schlimmer als der allererste, an dem sie als Einzige nicht mit ihrer Mutter, sondern mit ihrem Vater da war. Und sie allen erzählen musste, dass sie gar keine Mutter hatte, und jemand fragte, ob ihre Mutter tot sei. Nein, einfach abgehauen. Mit einem Musiker. Sie liebte die Musik mehr als ihre Tochter und ihren Mann. Lilli wäre es lieber gewesen, sie hätte einfach sagen können, meine Mutter ist tot. Dann hätten sie wenigstens alle bemitleidet. Die arme Halbwaise. Aber so war sie nur ein Mädchen, das seine Mutter nicht kannte und nichts von ihr besaß als eine alte Haarspange aus Silber. Verflixt. Jetzt hatte Lilli doch wieder daran gedacht. Die Haarspange bestand aus zwei silbernen Igeln, die mit einem schmalen Scharnier verbunden waren, sodass man sie auseinanderklappen und um eine Haarsträhne herum wieder zusammenklicken konnte. Sie musste die Igelhaarspange heute vor der Fahrradhalle verloren haben …

Lilli wischte alle unruhigen Gedanken weg, schloss die Augen und wiegte sich sanft in der Hängematte. Jetzt war sie eine Prinzessin, eine indische. Lilli Maharani. Sie stand im Schatten eines mit goldenen Tressen geschmückten Baldachins. Grüne Wellen rollten an den weißen Sandstrand. Die Prinzessin hielt Ausschau. Endlich tauchte am Horizont die Flagge der Barkasse auf, da plumpste Lilli Maharani aus der Hängematte … Ihr Vater stand neben ihr und grinste. »Na, du Traumfängerchen?«

Er legte sich in die Hängematte und klopfte neben sich. Lilli

kuschelte sich zu ihm. Er zog aus der seitlichen Tasche seiner Arbeitshose einen Zollstock und kratzte damit etwas Hühnerdreck von Lillis Sandale. »Das mit den Hühnern, Lilli, das geht so nicht weiter.«
Davon wollte Lilli nichts hören. Die Hühner waren schließlich das Einzige, was Lilli, Bob und Verena zu einer Bande machte.
»Du weißt, ich will keine Haustiere, und die Röhrichs schimpfen sowieso dauernd über die Viecher. Und als das eine neulich auch noch ausgebüxt ist ...«
Das war natürlich Huberta. Sie hatte eine ziemliche Verwüstung im Salatbeet der Nachbarn angerichtet. Die Röhrichs hatten dort vielerlei Salatsorten gepflanzt: Kopfsalat, Eichblattsalat und Lollo rosso – aber der Friséesalat hatte es Huberta am meisten angetan.
»Wir müssen die Hühner sowieso bald zurückgeben.« Lilli hatte einen Kloß im Hals und schluckte.
Ihr Vater gab Lilli einen Stups auf die Nasenspitze. »Ich koch uns dann mal Spaghetti.«

Nach dem Mittagessen spülte Lilli ab und ihr Vater schrieb einen Einkaufszettel. Er versuchte immer, Ordnung ins Leben zu bringen. »Klopapier«, murmelte er mit seinem Schreinerbleistift in der Hand. »Und Friséesalat für Herrn Röhrich. Als Wiedergutmachung für den Schaden, den dein Huhn in seinem Beet angerichtet hat.«
Lillis Vater liebte Listen. Nicht nur Einkaufszettel, auch Lis-

ten, wo draufstand, was noch erledigt werden musste oder was besonders wichtig war. *Auto waschen* zum Beispiel. Oder *Dachboden aufräumen*. Einmal hatte Lilli sogar ganz oben im Regal neben der Hobelbank eine Liste gefunden. Sie steckte in einer Schachtel mit Möbelkonstruktionszeichnungen. *Liebe* stand da und darunter: *Es gibt immer einen neuen Anfang!* Schnell hatte Lilli diesen Zettel wieder tief unter die Zeichnungen geschoben.

»Fällt dir noch was ein?« Über der Spüle spitzte er seinen Bleistift mit dem Gemüsemesser.

Nicht an die Schule denken, ein richtiges Bandenquartier finden und sich nie mit Jungs einlassen, dachte Lilli, laut sagte sie aber nur: »Nussnugatcreme.«

Jetzt drehte Lilli schon eine geschlagene halbe Stunde Däumchen und Bob und Verena waren noch immer nicht aufgetaucht. Wie sollten sie je eine richtige Bande werden, wenn die beiden nicht mal pünktlich zum Bandentreffen aufkreuzten? Lilli wollte die Hoffnung schon aufgeben, da klingelte es. Sie lief zum Tor der Werkstatt. »Passwort?«

Vor dem Firmenschild mit der Aufschrift *Schreinerei Stefan Holler* wackelte Verena unsicher mit ihrem schmalen Kopf. Ihre glatten Haare glänzten in der Sonne wie ein Helm aus Gold. »Es war doch *Südsee*, oder?«

Lilli verdrehte die Augen.

Bob stemmte sich am Tor hoch. »Jetzt spinn nicht, mach auf, Lilli!«

»Wenn nicht *Südsee*, dann vielleicht *Tigerhai*?«, riet Verena weiter und zog ihre Jacke aus. »Oder war's *Primadonna*?«

Bob kletterte jetzt einfach über das Tor. »Das nervt echt mit deinen Passwörtern.«

»Wir sind eine Bande, vergessen?!«

»Aber jeden Tag ein neues Passwort. Und jedes Mal denkst *du* es dir aus. Das ist doch bescheuert.«

»Und wenn uns jemand ausspioniert? Oder bei Dunkelheit oder am Telefon, da muss man das Passwort wissen.«
»*Scemenza!* Das ist doch Quatsch«, sagte Bob. »Außerdem ist es jetzt nicht dunkel.« Bobs Mama war Italienerin und manchmal rutschte Bob ein italienisches Wort raus.
Verena stand noch immer brav vor dem Tor.
»Das Passwort lautet *Maharani*«, sagte Lilli gnädig.
»Maharani«, leierte Verena und Lilli drückte auf den Knopf. Der elektrische Antrieb surrte und das Tor schob sich auf.
Bob stemmte die Fäuste in die Hüften. »Und wieso hast du nach der Schule nicht auf uns gewartet, Signorina Maharani?«
Aber noch bevor Lilli antworten konnte, ertönte ein grässlicher Schrei.
Im ersten Schreck dachte Lilli, ihr Vater hätte sich an einer Maschine verletzt. Sie hatte immer Angst davor, dass einer der Schreinerwitze, die er oft erzählte, Wirklichkeit werden könnte. Sie handelten meist von abgesägten Fingern.
Aber da ging auch schon die Werkstatttür auf. »Das war Herr Röhrich, oder?« Lillis Vater ließ seinen Hobel fallen.
Zu viert liefen sie an die Hecke. Ein zweiter Aufschrei gellte herüber. Diesmal war es eine Frauenstimme. »Um Himmels willen, Hans-Dieter ...!«
Und dann sahen sie jenseits der Hecke in hohem Bogen einen Gartenpantoffel fliegen, hörten ein aufgeregtes Gackern und schließlich Herrn Röhrichs wütendes Keuchen. »Ich dreh dem Biest eigenhändig den Hals um!«

Dann flatterte etwas über die Hecke. Und das war Huberta!

»Was ist das denn?« Lillis Vater zeigte auf etwas Pelziges in Hubertas Schnabel.

»Eine Maus?«, murmelte Lilli verwirrt.

»Eine Ratte!«, rief Bob.

»Igitt!«, kreischte Verena und sprang auf die Gartenliege.

Aber da hatte Bob Huberta auch schon erwischt und ihr die rätselhafte Beute aus dem Schnabel genommen. »Es ist nur ein komisches Stück Fell.«

Lilli berührte das Ding mit spitzem Finger. »Das ist kein Fell.«

Gleichzeitig raschelte es hinter ihnen und Herrn Röhrichs Hand streckte sich durch die Hecke. »Könnte ich das bitte zurückbekommen?«

»Das ist ein Toupet«, flüsterte Lillis Vater den Mädchen zu. »Ein künstliches Haarteil.« Er war genauso erstaunt wie Lilli und genau wie sie musste er ein Lachen unterdrücken.

»Igitt«, wiederholte Verena auf der Gartenliege.

Lillis Vater legte das Haarteil auf die flache Hand von Herrn Röhrich. Die Hand schloss sich um das Toupet und zog sich zurück auf die andere Seite. Kurz darauf erschien Herrn Röhrichs Gesicht über der Hecke. Das etwas zerzauste Toupet war wieder an seinem Platz.

»Was ist denn das überhaupt für eine Frisur?«, murmelte Lilli. »Da fehlt einfach die weibliche Hand!« Dabei zwang sie sich, an Herrn Röhrich vorbeizublicken. Jetzt bloß nicht auf das Fell gucken. Sonst würde das in ihr brodelnde Lachen sofort explodieren. Lilli schaute zu Bob, die ebenfalls kurz vor der Explosion stand.

»Entschuldigen Sie, Herr Röhrich«, sagte Lillis Vater. »Ich mach das wieder gut. Ich schreinere Ihnen einen Terrassentisch. Und den Friséesalat von neulich ersetze ich Ihnen natürlich auch.«

»Frisursalat«, hauchte Verena, die von ihrer Gartenliege aus eindeutig nicht an Herrn Röhrich vorbeiblickte. Lilli und Bob konnten das Lachen nicht mehr unterdrücken.

Zum Glück fing es in dem Moment an zu regnen und Herr und Frau Röhrich eilten ins Haus. Lillis Vater verschwand in seiner Werkstatt, allerdings nicht, ohne Lilli einen Blick zuzuwerfen, der zu verstehen gab, dass das Thema noch nicht erledigt war.

Bob setzte Huberta in den Pferch. Sofort verdrückte sich die Ausreißerin mit den anderen Hühnern ins Gewächshaus.

Das Gewächshaus war zweigeteilt. Der vordere, kleinere Teil fungierte als Hühnerstall. Der hintere Teil war durch einige alte Fenster, die Lillis Vater von einer Baustelle mitgebracht hatte, abgetrennt und diente den *Wilden Küken* als provisorisches Bandenquartier. Hier gab es sogar eine Steckdose und eine elektrische Kochplatte, auf der Lillis Vater normalerweise seinen stinkenden Knochenleim erhitzte. Das kam zum Glück nicht allzu oft vor, denn der Gestank war so erbärmlich, dass er ein Bandentreffen völlig unmöglich machte – auch noch zwei Tage danach. Aber jetzt kochte auf dieser Kochplatte kein übel riechender Leim, sondern einfach nur Teewasser. An den Glasscheiben des Gewächshauses rannen innen und außen Tropfen hinunter, draußen vom Regen und drinnen vom Wasserdampf.

Lilli sah hinüber zu den Hühnern, die sich hinter den Fensterscheiben ins Stroh ihrer Kisten duckten. »Irgendwie schaffen wir es nicht«, sagte Lilli. »So eine Bande zu sein wie die *Wilden Hühner*. Jedenfalls nicht so richtig.«

»Vielleicht schwören wir noch mal?« Verena blätterte im Bandenbuch, das auf ihrem Schoß lag.

Lilli seufzte. »Wisst ihr noch, im letzten Schuljahr, kurz vor den Ferien?«

Die drei *Wilden Küken* wurden ganz still. Natürlich erinnerten sie sich noch daran, wie sie vor dem Wohnwagen der *Wilden Hühner* gestanden hatten, dem Bandenquartier der coolsten Mädchenbande überhaupt.

Sprotte hatte sich geräuspert, wie vor einer Rede. »Also, ihr drei wundert euch sicher, dass wir euch eingeladen haben.« Sprotte hatte den Arm um Frieda und Trude gelegt. Und Frieda und Trude hatten ihre Arme um Melanie und Wilma gelegt. »Wir fünf sind zu alt für eine Bande. Und deshalb haben wir uns überlegt, wer unsere Nachfolgerinnen werden könnten.«

Lilli war so stolz damals. »Dann sind wir ab jetzt die neuen *Wilden Hühner*?«, hatte sie gefragt und Sprotte hatte geantwortet: »Na ja, ganz so weit seid ihr noch nicht. Ihr seid doch gerade erst aus dem Ei geschlüpft.«

Das Wasser im Kochtopf blubberte und einige Tropfen landeten auf der Kochplatte und verdampften zischend. Bob stellte den Schalter auf null.
»Sprotte hatte recht«, sagte Lilli. »Wir sind grad mal aus dem Ei geschlüpft.«
Bob gab etwas Tee in die Kanne und brühte ihn auf. »Dschungelfeuer, Sprottes Lieblingstee. Ich hab Frieda extra gefragt, wo sie den kaufen.«
Ein angenehmer Duft breitete sich aus. Die drei *Wilden Küken* hoben die Hand und erneuerten ihren Schwur. »Ich schwöre, die Geheimnisse der *Wilden Küken* mit Leib und Leben zu schützen und nie zu verraten, sonst will ich auf der Stelle völlig tot umfallen.«
Keine musste ins Bandenbuch gucken, alle drei kannten die Worte auswendig.
Bob füllte Dschungelfeuer in die Tassen. Der Regen prasselte auf das Glasdach. Manchmal pickte eins der Hühner neugierig an die Fensterscheiben.
»Hm«, machte Verena nach einer Weile.
»Was *hm*?«, äffte Bob sie nach.
Verena pustete auf ihren Tee. »Eigentlich haben wir gar keine Geheimnisse.«
Fast hätte Lilli jetzt ihren Freundinnen erzählt, was heute nach der Schule passiert war. Sie öffnete den Mund, aber dann trank sie doch nur einen Schluck Tee.
Bob musste als Erste nach Hause. Seit Luisa Wilhelms bei ihnen wohnte, herrschte eine eiserne Disziplin. Luisa war

die Schwester von Bobs Vater, Jens Wilhelms, und zugleich die neue Klassenlehrerin der *Wilden Küken*. Sie unterrichtete Englisch, Biologie und Chemie. Als Gegenleistung dafür, dass sie vorübergehend bei Bobs Familie wohnte, hatte Tante Luisa sich eingeredet, Bob schon während der Ferien Nachhilfe geben zu müssen.

Und Verena musste sowieso immer früh nach Hause. Das lag an ihrem Opa. Peter Hinsgen war der Meinung, Mädchen sollten am besten zu Hause sitzen und warten, bis sie verheiratet werden, um dann weiterhin zu Hause zu sitzen und auf nichts mehr zu warten.

Klang ziemlich bescheuert, fand Lilli. Aber dem Vater von Verenas Mutter gehörte die Firma, in der Verenas Vater als Geschäftsführer arbeitete. Und dass sich die Graefes keine Sorgen um Geld machen mussten, verdankten sie Verenas Opa Hinsgen.

Am Tor schaute Lilli sich um, ob sie auch wirklich niemand hören konnte. Bob und Verena stießen einen Seufzer aus, und Lilli flüsterte: »Das Passwort für morgen lautet *Dschungelfeuer*!«

Lilli lag in ihrem Bett. Es regnete kaum noch, nur ab und zu tröpfelte es gegen die Fensterscheibe. Lilli starrte in die Dunkelheit. Wieso hatte sie ihren Freundinnen nicht einfach alles erzählt? Sie richtete sich auf, knipste ihr Nachtlicht wieder an und öffnete eine der vielen Schubladen. Das Bett hatte ihr Vater für sie geschreinert. In der Mitte war es ein normales Bett, aber außen herum gab es Fächer und Schubladen. Es war wie eine Burg mit einer Mauer drum herum. Die Schubladen ließen sich nach außen und innen aufziehen. Zum Raus- und Reinklettern gab es links und rechts eine Art Burgtor. Die ganze Burgmauer stand voller Bücher. Lilli zog die schmalste aller Schubladen aus der Mauer. Das war ihre einzige leere Schublade. Deshalb nannte Lilli sie in Gedanken einfach nur das schwarze Loch. Lilli starrte eine Sekunde ins schwarze Loch und drehte die Schublade dann um. Auf der Unterseite des Schubladenbodens klebte Lillis Liste. Ihre geheimsten Wünsche standen da. *Nie erwachsen werden* zum Beispiel.

Nicht an Mama denken!

Keine Angst vorm nächsten Tag haben!

Endlich eine richtige Bande sein!

Ihr Papa sagte immer, man darf nicht *nie* und nie *nicht* auf seine Liste schreiben. Wahrscheinlich hatte er recht. Man sollte schließlich immer positiv denken.

Lilli kaute eine Weile auf ihrem rosaroten Tintenroller herum und schrieb dann:

Bei Herrn Röhrich entschuldigen!

Kein *nicht* und kein *nie*. Aber auch nicht wirklich positiv. Und dann schrieb sie noch schnell hinzu:

Hoffentlich ist Ole nichts passiert!

Lilli schob die Schublade wieder ins Fach und starrte in das Nachtlicht, das aussah wie ein Stern, der sich auf der Zinne einer Burg ausruhte.

Schließlich war Ole heute selber schuld gewesen. Als sie nach der Schule ihr Rad holen wollte – wieso musste er da auch solchen Blödsinn reden?
Vor der Schule gab es eine Fahrradhalle, die viel zu klein für die große Schule war. Es war eher ein Schuppen als eine Halle. Deshalb standen immer unzählige Räder um die Halle herum, wie Herden von Drahteseln, die im Stall keinen Platz mehr fanden.
Lilli blinzelte in ihr Nachtlicht und sah alles genau vor sich. Wie Ole sich zwischen all den Rädern hindurchdrängte und ihr dann den Weg versperrte.
»Lass mich zu meinem Rad.« Lilli schubste Ole beiseite. Oder besser gesagt, sie versuchte, ihn beiseitezuschubsen. Dabei fiel ihr der Schlüssel für ihr Fahrradschloss aus der Hand. Lilli musste zwischen zwei Rädern durchkriechen, um an den Schlüssel zu kommen. Und Ole bekam einen Lachanfall. Als sie sich aufrichtete, stieß sie sich an einem Lenker den Kopf, und vor Schmerz glitt ihr der Schlüssel erneut aus der Hand, diesmal direkt vor Oles Füße. Ole kickte ihn weg.
»Wie kindisch bist du denn?!« Mehr war Lilli nicht eingefallen.
Während sie sich erneut nach dem Schlüssel bückte, machte Ole: »Put, put, put!«
Endlich bekam Lilli den Schlüssel zu fassen.
»Put, put, put!« Ole zeigte auf die Feder, die Lilli um den Hals trug. »Fehlt nur noch die Hühnerbrust.«

Ole krähte vor Lachen, und Lillis Herz raste so schnell, dass sie keine Kontrolle mehr über ihre Arme hatte. Beide Hände schnellten nach vorne und gaben Ole einen solchen Stoß, dass er hintenüber in all die Fahrräder stürzte. Lilli rannte einfach los. Nur weg. Als sie um die Ecke der Fahrradhalle bog, sah sie nur noch einen Berg aus Fahrrädern und darunter einen Fuß von Ole. Aber sie rannte einfach weiter. Angetrieben von ihrer Wut, die sie sich erst auf der Nepomukbrücke aus dem Leib gelaufen hatte.

Lilli schaltete ihre Sternlampe aus und zog sich die Decke bis ans Kinn. Erst sah sie nur Dunkelheit, dann aber hatte sie wieder den Berg aus Fahrrädern vor Augen. Und Oles Fuß. Sie stellte sich vor, wie der Hausmeister aus der Schule gerannt kam und einen bewusstlosen Jungen unter all den Fahrrädern entdeckte. Ein Rettungswagen traf ein. Ole wurde auf eine Trage gehoben und mit einer goldenen Rettungsdecke zugedeckt. Die Rettungsleute mit ernsten Mienen. Der Wind wehte die Rettungsdecke kurz hoch, und sie sah, dass ein Fahrradlenker in Oles Brust steckte … Sie hatte wirklich zu viel Fantasie. Lilli wischte sich über die Augen – und erschrak. Scheppernd flog etwas gegen die Fensterscheibe.

Lillis erster Gedanke war, Ole stünde da unten im Garten und würde ihr Fenster mit Erdbrocken oder gar Steinen bombardieren. Aber bis auf das einmalige Scheppern blieb es still. Lilli kroch aus dem Bett und lugte durch die Scheibe, konnte aber nichts erkennen. Eilig kramte sie ihre Taschenlampe aus einer ihrer vielen Bettschubladen und öffnete leise das Fenster. Nichts Auffälliges war zu entdecken. Lilli leuchtete zum Gewächshaus. Bei den Hühnern war alles ruhig. Dann leuchtete sie nach links über die Hecke der Röhrichs. Einzelne Tropfen in der regennassen Hecke reflektierten den Lichtstrahl. Vielleicht hatte sie sich das Geräusch nur eingebildet? In der Dunkelheit ihrer Weihnachtsinsel verlor sich kurz der Schein der Taschenlampe, tauchte dann aber am Holzlagerschuppen ihres Vaters wieder auf und wanderte über das Einfahrtstor bis zur Werkstatt. Nichts. Nur eine Amsel flog auf.

»Ein Vogel«, murmelte Lilli. Sie richtete den Strahl ihrer Taschenlampe direkt unter sich. Im Lichtkegel lag regungslos ein winziger Vogel auf dem Rost vom Kellerschacht.

Lilli schlich sich raus. Es war ein Rotkehlchen. Sie riss ein

Rhabarberblatt ab und legte den leblosen Vogel darauf. Sie wartete ein paar Minuten in der Hoffnung, dass das Rotkehlchen durch den Aufprall nur kurz das Bewusstsein verloren hatte. Aber Lilli wartete umsonst. Starr lag der Vogel da, den Schnabel geöffnet. Vielleicht war das genau der Schnabel, der heute Nachmittag so fröhlich für sie gezwitschert hatte.

Lilli wickelte den toten Vogel in das Rhabarberblatt und trug ihn zu ihrem Friedhof. Sie war barfuß und das nasse Gras war kalt.

Lillis Tierfriedhof lag zwischen der Weihnachtsinsel und dem Komposthaufen unter den Birken. Hier lagen jede Menge Käfer begraben, ein Maulwurf, verschiedene Vögel und eine Libelle. Die meisten Grabsteine waren nur bunte Kiesel, aber es gab auch ein paar Holzkreuze und kleine, aus Gräsern geflochtene Kränze.

Lilli grub ein Loch, legte das Rhabarberblatt mit dem toten Rotkehlchen in das Grab und schob Erde darüber. Dabei verrutschte die Taschenlampe, die neben Lilli auf dem Boden lag. Der Lichtkegel fiel jetzt auf ihre Hühnergötter. Hühnergötter, so nennt man Steine, die ein Loch in der Mitte haben. Solche Lochsteine findet man häufig an der Ostsee. Lilli hatte alle ihre Hühnergötter auf Schnüre gefädelt, zu mehreren, manche aber auch einzeln. Und so hingen sie in den Zweigen der Birken. Einmal hatte ihr Papa durch so einen Stein hindurchgeguckt und behauptet, durch das Loch könne man in den Himmel sehen. Seither musste Lilli beim

Anblick der Steine immer an ihre Mutter denken, obwohl die ja gar nicht tot war und erst recht nicht im Himmel, sondern einfach nur nicht da.
Lilli nahm die Taschenlampe und machte sich auf den Rückweg. Aber schon nach ein paar Schritten blieb sie angewidert stehen. Ihhh! Sie war auf eine Nacktschnecke getreten. Der aufgeplatzte Körper der Schnecke quetschte sich schleimig durch ihre Zehen. Hektisch streifte sie den Fuß im nassen Gras ab. Doch plötzlich hielt sie inne und weinte stumm los. Vor lauter Wut und Verzweiflung. Weil Vögel gegen Fenster knallten, Mädchen Schnecken tottraten und weil die Welt war, wie sie war.
»Lilli?« Die Außenbeleuchtung an der Werkstattwand ging an und ihr Vater kam in seiner kurzen Schlafhose durchs Gras gestakst.
»Vorsicht, Nacktschnecken«, sagte Lilli und schniefte.
Ihr Vater nahm sie hoch und drückte sie. »Und wieso schlafwandelt meine Lieblingsschnecke hier durch die Nacht?«
»Ein Vogel ist gegen meine Scheibe geflogen.«
Lillis Vater blickte Richtung Tierfriedhof. Eine Windbö fuhr in die tropfenden Zweige und die Hühnergötter bewegten sich an ihren Schnüren.
»Sieht aus, als würden sie tanzen«, sagte Lillis Vater und trug Lilli ins Haus. Er blieb bei ihr, als sie sich den Fuß wusch, und er deckte sie zu, nachdem sie ins Bett geschlüpft war.
»Deine Mutter war eine wundervolle Tänzerin«, sagte er noch leise und machte dann das Licht aus.

Am nächsten Morgen schleppte sich Lilli völlig übermüdet auf dem Weg zur Schule über die Nepomukbrücke. Wieder dachte sie kurz daran, die Kette mit der Hühnerfeder vom Hals zu nehmen und einfach in den Fluss zu werfen.

»Hey, Lilli.«

Lilli drehte sich um. Es war Sprotte, Lillis großes Vorbild und das ehemalige Oberhuhn der ehemaligen *Wilden Hühner*.

»Na, auch zu spät dran?« Sprotte grinste. »Ich schaff es so selten, pünktlich zu sein. Frau Rose hat es schon aufgegeben, jedes Mal einen Eintrag ins Klassenbuch zu machen.«

Lilli gähnte Sprotte unfreiwillig ins schmunzelnde Gesicht und lächelte dann.

»Wie geht es unseren Hühnern?«, fragte Sprotte.

»Gut. Besonders Huberta ist super.« Jetzt musste Lilli schmunzeln, weil sie an Herrn Röhrichs vom Kopf gepicktes Toupet dachte.

»Wir holen sie bald bei euch ab«, sagte Sprotte. »Sobald Frieda mit ihrem Praktikum bei der Lebensgemeinschaft Gut Feldberg beginnt. Die haben da einen Biobauernhof. Da kann Frieda die Hühner unterbringen und sich um sie kümmern.«

Lilli verspürte schon jetzt leise die Wehmut des Abschieds.

»Fehlen sie dir denn überhaupt nicht?«

»Hast du schon eine Ausrede fürs Zuspätkommen?«, fragte Sprotte, statt zu antworten.

»Ich sag, die Straßenbahn hatte einen Platten«, witzelte Lilli.

Sprotte lachte. »Oder der Bus hat sich verfahren.«
Die beiden gingen links und rechts am alten Stadtbrunnen vorbei.
»Man kann auch sagen, ein Psychopath hat einem das Heft mit den Hausaufgaben geklaut«, sagte Sprotte und zwinkerte Lilli zu.
»Cool, dann hat man auch gleich eine Ausrede, wenn man die Hausaufgaben nicht gemacht hat.« Lilli zwinkerte zurück. »Oder ich sag, mein Wasserbett hatte ein Loch und ich wär fast ertrunken.«
Sprotte nickte fachmännisch. »Am besten find ich morgendlicher Schwindelanfall, das stimmt ja irgendwie sogar, von wegen schwindeln.«
Sie waren mittlerweile an der Fahrradhalle angekommen und Lillis Augen blieben an ihrem Rad hängen. Ganz unschuldig stand es inmitten der Drahteselherde. Sie lief hin und suchte den Boden nach der Haarspange ab.
»Hast du was verloren?«, fragte Sprotte.
Lilli winkte ab. »Und wie läuft's mit Fred?«
»Liebe ist kompliziert.« Eilig bog Sprotte nach rechts ab ins Hintergebäude der Schule. Lilli hingegen musste nach links über den Pausenhof gehen und dann durch die Aula.

Als Lilli viel zu spät das Klassenzimmer betrat, klopfte Ole mit strenger Miene auf seine Armbanduhr, als wäre er hier der Boss. Trotz ihrer Erleichterung darüber, dass er offensichtlich unverletzt war, hätte Lilli dem Blödmann am liebsten den Papierkorb über den Kopf gestülpt. Ole saß in der langen Fensterreihe zwischen seinem Bruder Little und seinem besten Kumpel Mitch. Little war Oles Zwillingsbruder, aber nicht eineiig, sodass sie sich zwar ähnlich sahen, jedoch nicht zum Verwechseln. Eigentlich hieß Little Linus, aber alle nannten ihn nur Little. Lilli hatte keine Ahnung warum, denn Little war sogar ein wenig größer als Ole.

Frau Schley legte die Kreide weg, und fast als wollte sie Ole nachahmen, klopfte auch sie auf ihre Uhr und wandte sich dann an Lilli. »Wo kommen wir denn jetzt her, Lilli?«

»Wo *Sie* jetzt herkommen, weiß ich nicht. *Ich* komme von zu Hause«, sagte Lilli ganz ruhig.

Frau Schley unterrichtete Mathe und einer lebenden Volumenberechnung gleich steckte sie immer in hautengen Klamotten. »Wenn du schon so oberschlau bist, dann bleib doch gleich an der Tafel.« Frau Schley strich sich über die Hüften, als wollte sie unsichtbare Brösel von ihrer Stretchhose fegen. »Was für die ebenen Figuren Fläche und Umfang sind, kann bei räumlichen Körpern als Oberfläche und Volumen bezeichnet werden«, fing Frau Schley an zu dozieren, und sofort musste Lilli zu Bob und Verena schauen, die mit aufeinandergepressten Lippen links und rechts von Lillis leerem Platz hockten und auf Frau Schleys räumlichen Körper starrten. Natürlich musste Lilli gleich loslachen.

»Setz dich«, zischte Frau Schley.

Lilli setzte sich und murmelte dabei halbherzig: »Entschuldigung.«

Frau Schley holte das Klassenbuch raus, zückte ihren Stift und sprach laut, während sie schrieb: »Lilli Holler. Grund des Zuspätkommens?«
Sie klopfte ungeduldig mit dem Stift aufs Klassenbuch und wiederholte: »Grund des Zuspätkommens?«
Eine Sekunde lang lag Lilli die Ausrede mit dem Wasserbett auf der Zunge. Aber dann entschied sie sich für die Wahrheit. »Ich hab verschlafen, weil ich mir die halbe Nacht wegen unterschiedlicher Sachen Sorgen gemacht hab.« Lilli schaute unwillkürlich zu Ole, der mit Mitch tuschelte.
»Das ist die dümmste Ausrede, die ich je gehört habe.« Frau Schley machte einen dicken Strich ins Klassenbuch. Dann nahm sie endlich Little dran, der schon die ganze Zeit den Finger in die Luft reckte. »Linus!« Frau Schley warf das Klassenbuch zurück in die Schublade.
»Das Volumen eines Quaders errechnet sich aus dem Produkt seiner drei Kantenlängen«, sagte Little mit der für ihn typischen monotonen Stimme. »Oder aus dem Produkt von Grundfläche und Höhe.«
Little war eigentlich kein Streber. Er wusste nur alles. So als wäre er von Außerirdischen auf den Planeten Erde geschickt worden, um zu kontrollieren, ob die irdischen Lehrer auch wirklich alles richtig machten. Deshalb nannten ihn einige in der Klasse auch Professor Little. Die Mutter von Ole und Little arbeitete als Sozialtherapeutin bei der Lebensgemeinschaft Gut Feldberg. Dort lebten und arbeiteten Behinderte zusammen mit ihren Betreuern auf einem Biobauernhof.

Lilli seufzte innerlich. Bald würde Frieda dort mit ihrem Praktikum anfangen und die Hühner mitnehmen. Was war dann noch von Lillis großen Bandenträumen übrig? Nichts als ein fast leeres Bandenbuch und die Federn, die Bob, Verena und sie um den Hals trugen.

Bob legte Lilli die Hand auf die Schulter und beugte sich nah zu ihrem Ohr. »Was hast du denn für Sorgen?«

»Mir fiel nur nichts Besseres ein«, sagte Lilli und holte ihr Geometrieheft raus.

Nach Mathe hatten sie Englisch bei Frau Wilhelms. Frau Wilhelms war Bobs Tante. Und deshalb lag es auf der Hand, dass Bob »du« und »Tante Luisa« zu ihr sagte. Aber während die Klasse äußerst vielstimmig das englische Lied *Itsy Bitsy Spider* sang, das Tante Luisa an die Tafel geschrieben hatte, trat diese zu Bob und flüsterte ihr schnell zu: »Im Unterricht bin ich für dich Frau Wilhelms, einverstanden?«

»The itsy bitsy spider climbed up the water spout«, sang Bob auswendig und lächelte dabei schief. *»Down came the rain and washed the spider out.«*

Lilli hatte Mühe, den Text von der Tafel abzulesen.

Bob flüsterte: »Ich übe das schon seit Tagen mit Tante Luisa. *Out came the sun and dried up all the rain. And the itsy bitsy spider climbed up the spout again.*« Bob sang und verdrehte die Augen. Immer wieder musste die Itsy-bitsy-Spinne die Regenrinne raufklettern und sich vom Regen runterspülen lassen. Es war eins dieser Lieder, die man endlos singen kann, weil sie kein Ende und keinen Anfang haben.

Lilli hatte es am Morgen so eilig gehabt, dass sie ihr Pausenbrot zu Hause vergessen hatte. Jetzt stand sie am Pausenverkauf an, um sich ein Käsebrötchen zu kaufen. Vor ihr warteten ausgerechnet Ole, Little und Mitch in der Schlange. Wäre Lilli allein gewesen, wäre sie lieber verhungert, als sich hinter diesen Blödmännern anzustellen, aber Lilli war nicht allein. Neben ihr jammerte Bob gerade über Tante Luisas Plan, aus ihrer Nichte die Klassenbeste zu machen. Und auf Lillis anderer Seite stand Verena und überlegte laut. »Ich hätte ja schon Appetit auf eine Zimtschnecke, aber gesünder ist natürlich sowieso ein Apfel, oder ich nehme doch ein Nusshörnchen. Oder ein Schokocroissant? Die sind auch lecker. Mal sehen …«

In diesem Moment drehte sich Little um. »Croissant kommt aus dem Französischen«, sagte er und fuhr sich eilig mit einem Kamm durch die glatten Haare. »*Lune croissante* – das bedeutet zunehmender Mond.«

Verena nickte. »Zunehmen will ich natürlich nicht, also kauf ich vielleicht doch lieber bloß einen Apfel.«

Ole zeigte mit seinem Geldbeutel auf die Hälse der *Wilden Küken*, besser gesagt auf die Federn, die sie an ihren Lederbändern um den Hals trugen, und bewegte die Ellbogen auf und ab. »Nehmt doch Chicken Wings.«

Verena berührte stolz die Hühnerfeder an ihrem Hals. »Die hab ich von Trude bekommen. Und die …«, sie zeigte auf die Federn von Lilli und Bob, »sind von Sprotte und Frieda.«

»Und deshalb sind wir eine Bande«, sagte Bob. »*Capito!*«

»Ihr tut doch nur so. Weil ihr sein wollt wie die *Wilden Hühner*, aber ...« Ole machte eine Pause und schaute dann Lilli so lange an, dass sie sich unsicher durch ihre Locken fuhr.
Ole grinste. »... aber Sprotte und Frieda sind voll cool und ihr seid voll kindisch!«
»Genau, voll kindisch!« Mitch klopfte Ole auf den Rücken. »Null cool.«
Little räusperte sich und erklärte mit monotoner Stimme: »Entscheidend sind Selbstbewusstsein, ein gutes Körpergefühl und Kommunikationsfähigkeit.«
Einen Augenblick lang verfügte niemand mehr über die geringste Spur von Kommunikationsfähigkeit. Als wäre alles gesagt, schwiegen die Jungs und auch die Mädchen. Lilli stellte sich so lässig hin, wie ihr momentan mittelmäßiges Körpergefühl es zuließ.
»Oder ich nehme doch eine Zimtschnecke«, hörte sie Verena neben sich murmeln.
»Und du?«, fragte der Hausmeister ungeduldig, als Mitch an der Reihe war. »Komm schon, andere wollen auch noch was.«
Mitch ließ seine Finger knacken und zeigte dann auf ein Würstchen. »Ich nehme ein Sturmgewehr mit scharfem Senf und ...« Er machte eine Pause und deutete schließlich auf die Vollkornhörnchen. »Und zwei von den halbautomatischen Pistolen hier.« Mitch tat gern so, als wäre er einer der knallharten Helden aus den Actionfilmen, die er sich dau-

ernd anguckte. Knallhart wirkte er auf Lilli aber gar nicht, eher ziemlich tollpatschig.

Unbeeindruckt legte der Hausmeister das Würstchen und die Hörnchen auf einen Pappteller. »Auch was zu trinken, du Komiker?«

»Eine Flasche explosives Plasma. Also mit Kohlensäure«, sagte Mitch, nahm das Mineralwasser entgegen und zahlte.

»Habt ihr die Socken gesehen?«, wisperte Verena und stieß ihre Freundinnen in die Seite. Erst jetzt fiel Lilli auf, dass Mitchs Füße in Sandalen und nicht mehr ganz weißen Tennissocken steckten. Durch ein Loch sah man seinen linken großen Zeh.

Die drei Mädchen brauchten keine Worte. Ein Blick genügte, so einig waren sie sich, wer hier kindisch war und null cool.

Nach der letzten Schulstunde verabredeten sich die *Wilden Küken* noch schnell zum Bandentreffen am Nachmittag in der Eisdiele. Kaum ertönte der Schlussgong, stürmte Lilli auch schon aus dem Klassenzimmer. Sie hörte gerade noch, wie Verena ihr nachrief: »Was war gleich wieder das Passwort?«

Aber Lilli hatte dafür jetzt keine Zeit. Heute wollte sie mit ihrem Rad verschwunden sein, bevor Ole an der Fahrradhalle auftauchte.

Lilli durchsuchte die Nester im Gewächshaus nach Eiern und redete dabei mit den Hühnern. Die Nester bestanden aus Holzkisten, die mit Stroh gefüllt waren. Lillis Vater hatte sie geschreinert, obwohl er eigentlich gegen jede Form von Haustier war.

Jetzt hörte Lilli ihn von der Werkstatt her schimpfen. »Mist! Irgendwo muss das verdammte Ding doch sein …« Lillis Vater war oft auf der Suche nach irgendetwas, nach einem Hobel, einem Schnitzeisen oder auch nach einer Idee für ein neues Regalsystem.

In Dollis Kiste fand Lilli ein Ei und jeweils eins in den Nestern von Kokoschka und Klara. »Brav, Dolli! Und sogar Kokoschka war fleißig und auch Klara, brave Hühner!« Lilli hielt ihr T-Shirt auf und legte die Eier vorsichtig hinein. »Ihr andern seid natürlich auch die allerbesten Hühner, hoppla, wer war das denn?!«

Ein weiteres Ei lag weich gepolstert auf den Gartenhandschuhen, die Lilli immer in den Eimer neben der Tür warf. Das stammte sicher von Huberta, dem Huhn mit dem stärksten Freiheitsdrang. Kurz dachte Lilli, das Ei würde grün schimmern. Vielleicht, weil Huberta so viel geklauten Friséesalat fraß. Aber es war wohl nur das Sonnenlicht, das durch die Blätter des Holunders leuchtete.

Lilli ließ die Eier in die heiße Pfanne plumpsen. Spiegeleier aus frisch gelegten Eiern, wie lecker! Da ihr Vater schon Lasagne fürs Mittagessen besorgt hatte, würde es sie eben als Vorspeise geben. Lilli war stolz auf die eigenen Eier, aber der Gedanke, dass die Hühner bald nicht mehr bei ihr wohnen würden, machte sie traurig.
Lillis Vater deckte den Tisch. »Da ist es ja!« Er kramte sein Schnitzeisen aus der Besteckschublade und klopfte sich mit dem Griff gegen die Brust. »Wieso kriegen wir das nicht hin, einigermaßen Ordnung zu halten?!«
Lilli ließ die Spiegeleier auf zwei Teller gleiten und guckte kurz auf. Ihr genügte die Ordnung, die sie hatten.
»Wieso krieg *ich* das nicht hin?«, grummelte ihr Vater und gab der Küchentür einen Tritt. Das Türblatt war seit ewigen Zeiten so verzogen, dass man die Tür nicht mehr richtig zumachen konnte. Es klappte nur, wenn man sich mit Schwung dagegen warf, aber dann klemmte sie so fest im Türstock, dass Lilli sie allein nicht mehr aufbekam.
Während Lilli und ihr Vater schweigend die Spiegeleier aßen, drehte die Fertiglasagne in der Mikrowelle ihre Runden. Ob Lilli das mit der Entschuldigung bei den Röhrichs nicht einfach vergessen könnte? Das Signal der Mikrowelle unterbrach ihre Gedanken.

»Ich übernehm den Abwasch, dann kannst du gleich zu Röhrichs, bevor die ihren Mittagsschlaf halten«, sagte ihr Vater und verteilte die Lasagne auf zwei Teller.

Lilli stöhnte leise. »Okay, geht klar.«

Keine halbe Stunde später stand sie mit zwei Salatköpfen unterm Arm vor der vergitterten Haustür der Röhrichs und hoffte, sie würde sich nicht öffnen. Aber sie öffnete sich.

»Lilli?« Frau Röhrich blickte sie verwundert an.

»Ich wollte mich nur entschuldigen, wegen der Sache mit dem Huhn.«

»Hans-Dieter hat sich grad hingelegt.«

»Vielleicht können Sie ihm was ausrichten.« Lilli wollte das Ganze jetzt hinter sich bringen und nicht später noch mal wiederkommen. »Wenn Sie Ihrem Mann sagen, dass das nicht mehr vorkommt, weil, erstens müssen die Hühner bald weg und zweitens ...« Lilli stockte, ein Zweitens fiel ihr nicht ein. Also hielt sie Frau Röhrich einfach die beiden Friséesalate hin. »Als Ersatz.«

Während Frau Röhrich die beiden Salatköpfe entgegennahm, lächelte sie Lilli merkwürdig an. »Du siehst deiner Mutter ziemlich ähnlich.«

Lilli wusste nicht, dass Frau Röhrich ihre Mutter kannte.

Frau Röhrich zeigte auf ein Foto an der Wand, auf dem eine junge Frau mit einem Fahrrad zu sehen war. »Unsere Tochter und deine Mutter sind etwa gleich alt.«

»Warum kommt sie nie zu Besuch? ... Ihre Tochter, mein ich.«

»Wer ist denn da an der Tür?«, tönte Herrn Röhrichs Stimme von oben herab.

Lilli hörte seine Schritte auf der Treppe. »Ich muss dann los«, sagte sie und machte sich aus dem Staub.

Lilli war als Erste in der Eisdiele. Bob war noch nicht da, dabei wohnte sie dort. Natürlich nicht in der Eisdiele, sondern in der Wohnung darüber. Ihrer Mutter und ihrer Oma gehörte nämlich die *Gelateria Cantarella.*

»*Un minuto.*« Die alte Frau Cantarella tätschelte Lillis Wange. »Bobbina kommt gleich!«

Während Lilli an dem kleinen Tisch ganz in der Ecke Platz nahm, rief Bobs Oma mehrmals laut »Bobbina!« ins Treppenhaus hinauf.

Lilli schaute Gelatino zu, wie er durch das Fenster seitlich der Theke Eis an Passanten verkaufte. Er war ein paar Jahre älter als Lilli und sah aus wie ein Italiener, obwohl er aus Rosenheim in Bayern kam und eigentlich Georg Hadersdorfer hieß. Wie ein Jongleur warf er ein Gefäß mit Schokostreuseln in die Luft und fing es wieder auf.

»Gell, do schaugst!« Gelatino grinste zu Lilli herüber und streute eine Ladung Streusel über die Eisportion vor ihm.

»Passwort *Dschungelfeuer*«, sagte Bob und steuerte auf Lilli zu. Fast gleichzeitig betrat Verena die Eisdiele. Blinzelnd schob sie die Sonnenbrille hoch in ihren blonden Pony.

Gelatino pfiff durch die Zähne. Verena tat, als hätte sie das nicht gehört, und setzte sich zu Lilli und Bob.

»Passwort?«, fragte Lilli.
»Mist«, kam es von Verena.
»*Mist* ist es nicht.« Lilli verschränkte die Arme.
»Es ist *Dschungelfeuer*«, sagte Bob und fügte mit einem Blick zu Lilli hinzu: »Irgendwie nervt das echt.«
Lilli senkte die Stimme, damit nur Bob und Verena sie hören konnten. »Punkt eins unseres heutigen Bandentreffens: Was tun wir, wenn wir die Hühner nicht mehr haben?«
Bob und Verena sahen sie ratlos an.
»Zweitens: Wir haben noch immer kein Bandenquartier.« Lilli strich über die kalte Marmorplatte des Tischs. »Das Gewächshaus ist viel zu nah. Papa kriegt doch alles mit, das ist schädlich für Geheimnisse.« Und damit war sie beim dritten Punkt angelangt. »Und außerdem haben wir überhaupt keine Geheimnisse.«
»Außer dass Verena neuerdings in Gelatino verknallt ist, aber das sieht ja sogar ein blindes Huhn.« Bob zupfte Verena die Brille aus dem Haar und setzte sie selbst auf.
»Spinnst du?« Verena schnappte sich ihre Brille wieder und klemmte sie an den Kragen ihres Kleids.
Da Verena kein Eis wollte, holte Bob nur für Lilli und sich eins. Das war der Vorteil, wenn sie sich in der Eisdiele trafen. Man bekam immer gratis ein Eis. Und meistens eine Schüssel mit Waffelbruch. Lilli fand, dass die zu Bruch gegangenen Eiswaffeln fast besser schmeckten als die ganzen. Wieder ertönte ein anerkennendes Pfeifen von Gelatino. Aber diesmal pfiff er nicht Verena, sondern einer jungen

Frau mit bauchfreiem Top hinterher, die draußen an der Eisdiele vorbeilief. Kurz huschte ein Schatten über Verenas Gesicht.

»Und sie ist doch in ihn verknallt.« Bob schleckte ihr Schokoeis.

»Und wie«, ergänzte Lilli und schleckte ihr Pistazieneis.

»Ihr seid so bescheuert. Echt!« Verena setzte ihre Sonnenbrille auf und schmollte.

Gelatino kam an den Nachbartisch und servierte einen großen Becher Erdbeereis mit Sahnehäubchen und Papierschirmchen. Die Dame behauptete, sie hätte einen gemischten Eisbecher bestellt, und ließ den Erdbeerbecher wieder zurückgehen.

»Oide Schreckschraubn«, knurrte Gelatino und zwinkerte den *Wilden Küken* zu. Dann stellte er galant den Erdbeerbecher vor Verena ab. »Lass da's schmecka, *bella*!«

Verena zog das Papierschirmchen raus und begann, das Eis zu löffeln.

»Ich dachte, du magst kein Eis«, sagten Bob und Lilli wie aus einem Mund.

Und da mussten plötzlich alle drei lachen und für einen Augenblick vergaßen sie alles um sich herum.

Bis Frau Wilhelms in der Eisdiele erschien. Mit einem kurzen Nicken grüßte sie Gelatino und nahm dann Bob ins Visier.

»Legt euch bloß keine Lehrerin als Tante zu«, seufzte Bob.

»Hoffentlich will sie nicht *Itsy Bitsy Spider* mit uns singen«,

tuschelte Lilli, aber da setzte sich Frau Wilhelms auch schon zu ihnen.
Lilli und Verena grüßten Frau Wilhelms freundlich.
»Du oder Sie?«, fragte Bob.
Anstatt Bobs Frage zu beantworten, deutete Frau Wilhelms auf Verenas Brille. *»Very pretty, Veronika.«*
»My name ist Verena, Miss Wilhelms«, antwortete Verena. Sie konnte schon Englisch, weil sie und ihre Mutter mal einen Kurs belegt hatten.
Frau Wilhelms nickte beeindruckt. *»Very stylish, your sunglasses, Verena.«*
»Thank you very much«, bedankte sich Verena.
»Your English is very good, Verena.« Frau Wilhelms lächelte Verena zu und wandte sich dann an Bob: »Sind wir zwei nicht zur Hausaufgabenbetreuung verabredet?«
»*Very* scheiße«, rutschte es Bob raus.
Frau Wilhelms überhörte das. »Also, verabschiede dich von deinen Freundinnen und komm dann nach oben.«
Frau Wilhelms stand auf. Bevor sie sich wegdrehte, blieb ihr Blick kurz auf Lilli haften. Verena winkte Frau Wilhelms nach. *»Have a very nice day, Miss Wilhelms.«*
Kaum war Bobs Tante auf der Treppe nach oben verschwunden, drehten sich Lilli und Bob zu Verena und fuhren sie wie aus einem Munde an: »Mensch, Verena, du bist echt *very … very …*«
Und von da an hieß Verena bei den *Wilden Küken* einfach nur noch Very.

Lilli und Very verabschiedeten sich von Bob und gingen raus zu Lillis Rad.

»Servus, *bella*«, rief Gelatino Very hinterher. Very warf ihm eine übertriebene Kusshand zu.

»Du bist doch nicht wirklich verknallt in den?« Lilli steckte den Schlüssel in ihr Fahrradschloss.

Very tippte sich an die Stirn. »Er hat Gel in den Haaren und sein Hemd … also wirklich!«

Gelatino sah immer gleich aus. Er hatte die Haare nach hinten frisiert, er trug eine schwarze Hose und ein weißes Hemd. »Ein weißes Hemd, was soll denn damit sein?«, rätselte Lilli laut.

Very lachte spitz auf. »Schwarz-Weiß ist dermaßen out. Also wirklich, dass dir das nicht auffällt.« Sie neigte den Kopf etwas zu Lilli, linste über den Rand ihrer Sonnenbrille und musterte erst ihre Frisur und dann den Rest. Und damit schien das Thema beendet und die Frage beantwortet zu sein, warum Lilli keinen Blick dafür hatte, was »in« war und was »out«.

Very holte ihr Handy raus, drückte eine Taste und hielt es

ans Ohr. »Opa, ich bin's, Verena. Du kannst mich jetzt abholen. Vor der Eisdiele Cantarella, ja?« Sie steckte das Handy wieder ein. »Mein neues Rad ist noch nicht geliefert worden.«

»Wieso nimmst du nicht dein altes?«, fragte Lilli.

Very nahm ihre very stylische Sonnenbrille ab. »Seit Opa sich aus der Firma zurückgezogen hat, ist er dauernd zu Hause und nervt. Da kann er mich doch auch fahren. Opa nörgelt ständig rum. Vor allem an Hartmut.« Very nannte ihre Eltern nicht Mama und Papa, sondern Ilona und Hartmut. Zu Verys Mutter kamen oft Heilpraktiker, Gurus oder Astrologen und halfen ihr bei der Suche nach dem Sinn von irgendwas. Lillis Papa bezeichnete Ilona deshalb als esoterische Tussi.

Im Frühling hatten die Väter der *Wilden Küken* versucht, ein gemeinsames Küchenstudio aufzuziehen. Verys Vater als Marketingchef, Lillis Vater als Holzdesigner und Bobs Vater als Elektroinstallateur. Aber es gab schon im Vorfeld viel Ärger, und das ganze Unternehmen ging in die Brüche, bevor die ersten Erfolge überhaupt verbucht werden konnten. Seither war auch die Freundschaft zwischen den Eltern der *Wilden Küken* etwas angeknackst. Und Bobs Vater war wieder arbeitslos gemeldet.

»Opa redet Ilona dauernd rein oder schimpft darüber, wie Hartmut die Firma führt. Das treibt sie noch in den Wahnsinn.« Very hörte sich jetzt an wie ihre Mutter. »Und mich nervt er mit seiner Chronik.«

Very sollte ihrem Opa helfen, Zeitungsausschnitte für seine Firmenchronik zu sammeln und zu ordnen. »Fünfzig Jahre Hinsgen-Küchen«, seufzte Very. »Als ob das nicht noch Zeit hätte, das Jubiläum ist doch erst nächstes Jahr.«
Very beschwerte sich weiter über ihren Opa, und Lilli flocht ihr währenddessen Zöpfchen in die blonden Haare, auch wenn Very das »out« fand. Beim fünften Zöpfchen bremste ein großer chromglänzender Geländewagen mit der Aufschrift *Hinsgen – Küchen vom Feinsten* neben ihnen. »Vielleicht können wir ja noch mein neues Rad abholen, Opa?«, sagte Very und stieg ein.
Peter Hinsgen nickte.
»Bye-bye!« Very winkte aus dem davonfahrenden Auto. Lilli schüttelte den Kopf. Very war wirklich *very very*.

Lilli schob das Rad durch die Fußgängerzone. Sie wollte sich gerade auf den Sattel schwingen, da entdeckte sie Ole, Little und Mitch. Sie duckte sich hinter einen Container mit Bauschutt und beobachtete die Jungs.
Ole und Little saßen auf der Mauer vom alten Stadtbrunnen. Mitch demonstrierte irgendwelche Kampftechniken an unsichtbaren Gegnern. Er drehte sich auf einer Fußspitze um sich selbst und verteilte Karateschläge an seine Luftfeinde. Dabei verlor er fast das Gleichgewicht. Ole warf Mitch eine Aprikose aus der Obsttüte zu, die zwischen ihm und seinem Bruder lag.
Dann teilte Ole eine weitere Aprikose in zwei Hälften,

reichte eine Hälfte Little und steckte sich die andere selbst in den Mund.
Und dann wäre Lillis Herz fast stehen geblieben. Ole holte weit aus und warf den Aprikosenkern genau in Lillis Richtung. Kurz dachte Lilli, er hätte sie entdeckt und der Wurf hätte ihr gegolten. Aber als Ole einen zweiten Kern warf, erkannte sie den wahren Zusammenhang. Ole zielte auf eine Taube. Lilli bemerkte gleich, dass die Taube Probleme mit ihrem Flügel hatte, denn auf der einen Seite lagen die Federn nicht glatt am Körper, sondern standen fächerförmig ab. Sie konnte bestimmt nicht fliegen. Kurz musste Lilli an das Rotkehlchen denken.
Die Taube wich aus und flatterte mit den Flügeln. Ole warf einen dritten Kern. Noch während der Kern in der Luft war, ließ Lilli ihr Rad fallen, rannte zu den Jungs hinüber und kickte die Aprikosentüte in den Brunnen.
Ole starrte sie an. »Lilli?«
»Wo ist sie?«, fragte Lilli mit schriller Stimme und blickte sich suchend um. »Wo ist die Taube?«
Littles ausgestreckter Finger zeigte auf die Taube. Sie saß völlig unversehrt auf einer Bank. Little klatschte kurz in die Hände.
Die Taube flog auf und verschwand über den Dächern.
»Dein MP3-Player«, schrie Mitch.
Erst jetzt sah Lilli, dass unter den schwimmenden Aprikosen ein MP3-Player im Brunnenwasser lag. Winzige Luftbläschen stiegen aus seinem Innern auf.

Mitch sprang in das Bassin des Brunnens und griff nach dem Gerät. Er erwischte das Kabel der Ohrenstöpsel und fischte es aus dem Wasser.
Mitch gab Ole den MP3-Player und drehte sich zu Lilli. »Den ersetzt du ihm, sonst …« Er machte Bewegungen wie ein Kung-Fu-Kämpfer und stieß mit dem Fuß bis knapp vor Lillis Gesicht. Tropfen aus seinem nassen Schuh landeten auf ihrer Haut.
Lilli wollte etwas sagen, aber sie bekam den Mund nicht auf, sondern stand nur mit hängenden Schultern da. Ole trat jetzt nah vor sie. Sie sah seine dunkelblauen Augen.
»Wo andere ein Gehirn haben, hast du ein schwarzes Loch«, sagte er und zog Little und Mitch mit sich fort. »Kommt, Jungs. Wir schlagen uns nicht mit Mädchen.«
Wie eine Schar kugeliger Entenküken schwammen die Aprikosen im Brunnenwasser.
Lilli hob ihr Rad auf und radelte nach Hause.

Lilli hatte die Hühner versorgt und das Gewächshaus ausgemistet. Sie hatte versucht, den Liedtext von *Itsy Bitsy Spider* auswendig zu lernen, und ihre Mathehausaufgaben erst auf einem Schmierzettel gemacht und dann sauber ins Heft übertragen. Sie hatte einen Korb Dreckwäsche in die Waschmaschine gesteckt, Waschmittel eingefüllt und die Maschine angeschaltet. In der Küche gab es nichts zu tun, denn die hatte ihr Vater schon auf Vordermann gebracht. Er hatte wohl mal wieder einen seiner Anfälle von Ordnungswahn gehabt.

Also hatte Lilli sogar ihre Gummistiefel gewaschen, obwohl sie der Meinung war, Gummistiefel zog man sowieso nur bei Dreckwetter an – also warum sie vorher sauber machen, wenn man sie eh nur wieder einsaute?

Und jetzt saß Lilli in der Kiste mit den Hobelspänen und schaute ihrem Vater bei der Arbeit zu.

Sie schlang die Arme um ihre angewinkelten Beine und stützte das Kinn auf die Knie. In der Kiste roch es nach Holz und Harz und Lillis Knie rochen nach Lillis Knien. In der Werkstatt herrschte keine Ordnung, sondern das wundervollste Chaos. Maschinen standen herum, Werkzeuge lagen auf dem Boden und in den Regalen oder hingen an den Wänden. Überall verstreut waren Leisten, Bretter, Furniere und Holz in allen Größen und Formen. Müsste Lilli sich entscheiden, würde sie die Werkstatt sogar dem Wohnzimmer vorziehen – nur der Fernseher würde ihr vielleicht fehlen. Neben dem kleinen Werkstattfenster hing der Igel, den Lilli früher mal mit der Laubsäge aus Sperrholz ausgeschnitten hatte. Er sah ein bisschen so aus wie der silberne Igel ihrer Igelhaarspange. Aber seine Augen waren natürlich nicht aus kleinen schwarzen Edelsteinen, sondern nur aufgemalt.

»Mahagonilocken«, sagte Lillis Vater und unterbrach ihre Gedanken. »Wie bei dir.« Er hatte ein Werkstück aus rotbraunem Holz in die Hobelbank gespannt und hobelte. Immer wieder klopfte er die Spanspiralen aus dem Hobel und warf sie neben Lilli in die Kiste.

Ihr Vater pfiff bei der Arbeit. Das hatte er schon lange nicht mehr gemacht.

»Was wird das?«, fragte Lilli.

»Ein Stuhl. Im englischen Chippendale-Stil.« Er zeigte auf ein Foto von einem Stuhl, das zwischen den Schraubzwingen an der Wand hing. »Die Kundin hat schon so einen in Alt und will einen zweiten dazu.«

Lilli betrachtete den Stuhl auf dem Foto. »Sieht teuer aus.«

»Ist kein echter Chippendale.« Ihr Vater spannte das Werkstück aus, drehte es um und klemmte es wieder in den

Schraubstock. »Nur nachgemacht, aber trotzdem über hundert Jahre älter als der, den ich hier mache.« Er fing an, die andere Seite zu bearbeiten. »Hoffentlich krieg ich die Schnitzereien einigermaßen hin. Das Holz ist ziemlich kostbar.« Hobelspäne wirbelten aus seinem Hobel. »Weißt du, Thomas Chippendale war ein Kollege von mir. Im achtzehnten Jahrhundert in England. Ein fantastischer Schreiner.«
Lilli bemühte sich gar nicht, alles zu verstehen, was ihr Vater sagte. Es genügte, seine Stimme zu hören und in den Spänen zu hocken. Lillis Vater erzählte davon, dass in den letzten zweieinhalb Jahrhunderten, besonders in England, viel Mahagoniholz verwendet wurde. »Westindisches Mahagoni.« Ihr Vater redete und die Späne dufteten.
Lilli träumte noch ein bisschen von der indischen Prinzessin und schlief ein.
Sie wachte erst auf, als ihr Vater sie durch die Küche trug. »Na, du Traumfängerchen, willst du noch was essen? Ein Marmeladenbrot?«, fragte er. »Erdbeer oder Aprikose?«
Lilli schüttelte den Kopf und fühlte sich überhaupt nicht wie eine Prinzessin.

Schon bei den letzten Bandentreffen hatte Lilli mit dem Gedanken gespielt, aber heute würde sie es durchziehen. Das nahm sie sich fest vor. Sie hielt Huberta auf dem Arm und streichelte ihr über die Federn.
Bob hielt Isolde ein Löwenzahnblatt hin, das Isolde jedoch verschmähte.

»Wie lautet heute überhaupt das Passwort?«, fragte Very, die barfuß vor dem Hühnergatter im Gras saß.
Das Passwort. Lilli fasste sich an den Kopf und Huberta hopste ihr vom Schoß. Das hatte sie gestern ganz vergessen.
»Mist«, sagte Lilli.
»*Mist* war es jedenfalls nicht!«, maulten Bob und Very wie aus einem Mund.
»Ist doch auch egal«, murmelte Lilli. Sollte sie es jetzt schon ansprechen? In Gedanken versunken ging sie zu den Johannisbeerbüschen, die entlang des Holzlagers wuchsen und voller roter und schwarzer Beeren hingen, und steckte sich ein paar Früchte in den Mund. »Wir könnten Marmelade kochen!«
Very und Bob sprangen sofort auf. Eine ganze Stunde lang ernteten die *Wilden Küken* Beeren. So muss Sommer schmecken! Erst aßen sie sich satt, dann holten sie eine große Schüssel und machten sie voll.
Sie gerieten ziemlich ins Schwitzen, denn die Sonne brannte, und als sie die Beerenmarmelade auf dem Kocher im Gewächshaus kochten, war es so heiß, als wäre der Topf ein Vulkan und die dickflüssig blubbernde Marmelade Lava.
»Ein Wunder, dass ihr noch nicht geschmolzen seid«, sagte Lillis Vater, der immer wieder nach ihnen schaute. Erst, weil er eigentlich den Kocher für seinen Leim brauchte, und dann, um die Marmelade zu kosten. Bis ihn jemand anrief, der seinen fachmännischen Rat haben wollte, wegen eines geeigneten Bezuges für die Sitzfläche des Chippendale-Stuhls.

Er setzte sich sofort ins Auto und fuhr los.
Die *Wilden Küken* stellten den Gartentisch in den Schatten, setzten sich drum herum und strichen sich lauwarme Marmelade auf das schon etwas altbackene Brot aus dem Brottopf in der Küche.
Die Schmetterlinge flatterten um den Sommerflieder herum, ein paar weiße Wolken verschönerten den Himmel, und die Röhrichs waren wohl beim Einkaufen, denn es war so ruhig, dass sie sogar den Flügelschlag eines Taubenpärchens hörten, das über sie hinwegflog.
Very leckte sich die Finger ab, und Bob versuchte, mit der Zunge den Marmeladenklecks auf ihrer Nasenspitze zu erwischen.
Und dann sagte Lilli es endlich. »Wir sind überhaupt keine Bande.«
Bob berührte die Hühnerfeder, die sie an ihrem Lederband um den Hals trug. »Aber wir sind doch die *Wilden Küken*, oder etwa nicht?«
Very schaute Lilli mit ihren verträumten Augen an und strich sich die blonden Haare hinters Ohr. »Wieso machst du das?«
Lilli starrte auf die halb leeren Marmeladengläser. »Wir haben ja nicht mal ein Bandenquartier.«
Bob blickte zum Gewächshaus.
»Das Gewächshaus zählt nicht«, sagte Lilli. »Und bald haben wir auch die Hühner nicht mehr.« Es war, als wären die Marmeladengläser mit jedem Wort noch leerer geworden.

Verys Lippen waren ganz schmal und ihre Stimme so leise, dass man sie kaum hören konnte. »Aber wir haben doch uns.«
Bob funkelte Lilli böse an. »Du willst die Bande auflösen. Hab ich recht?«
Lilli schüttelte den Kopf.
»Was dann?«
Lilli kramte ihr Handy aus der Hosentasche und legte es zwischen die Marmeladengläser auf den Tisch. »Wir geben Fuchsalarm.«

7

FUCHSALARM tippte Lilli in ihr Handy. Eine Sekunde lang schwebte ihr Daumen über der Taste für *SMS senden.* Fragend schaute Lilli zu Bob und Very. »Soll ich oder soll ich nicht?«

Bob machte einen runden, spitzen Mund, als würde sie pfeifen. Das machte sie immer, wenn sie angestrengt nachdachte. Very blinzelte nervös. Das dauerte Lilli zu lange. Ohne eine Antwort der beiden abzuwarten, landete ihr Daumen auf der Taste.

Die *Wilden Küken* machten den provisorischen Hühnerstall so sauber wie noch nie. Sie redeten kaum und über den Fuchsalarm schon gar nicht.

Als Erste trafen Trude und Frieda auf ihren Fahrrädern ein. Lilli drückte auf den Schalter an der Garagenwand. Und noch während sich das elektrische Einfahrttor für Trude und Frieda öffnete, hielt ein Taxi am Straßenrand. Aus dem Taxi stiegen Sprotte und Melanie. Die Taxifahrerin war Sybille Slättberg, Sprottes Mutter. Sie ließ den Motor kurz aufheulen und fuhr mit quietschenden Reifen davon.

»Was ist passiert?«, fragte Sprotte ohne Umschweife.

Weil Lilli nicht gleich antwortete, packte Sprotte sie an den Schultern und schüttelte sie. »Was??? Raus mit der Sprache! Ist was mit den Hühnern?«
»Nein, mit uns«, murmelte Lilli eingeschüchtert. Die vier *Wilden Hühner* waren alle mindestens einen Kopf größer als sie.
»Wir haben Marmelade gekocht«, sagte Bob.
Und Very fügte höflich hinzu: »Wenn ihr kosten wollt!« Sogar die lange Very wirkte klein neben Melanie.
Lilli lief voraus zu den Hühnern, Bob holte die Marmelade und Very brachte aus der Küche frische Löffel zum Probieren.
»Also, was ist los?« In Sprottes Stimme schwangen zugleich Besorgnis und Ungeduld mit. Sprotte, Frieda, Trude und Melanie kamen Lilli so fremd vor wie noch nie. Wie Erwachsene eben.
Very blinzelte nur und Bob machte ihren Pfeifmund.
»Es ist so«, fing Lilli an. Aber da kam Wilma angesaust. Sie war mit dem Rad gleich durch das noch offen stehende Eingangstor gedüst und sprang jetzt vom Sattel. »Hab ich was verpasst?«
Erst hatte Lilli sie gar nicht erkannt. Ihre Haare waren weiß gepudert und zu einem Mozartzopf geflochten. Die Augen waren rot umrandet und funkelten gefährlich aus dem bleich geschminkten Gesicht.
»Wir hatten grade Kostümprobe«, sagte Wilma. »Für das Musical unserer Theater-AG.«

Jetzt standen also die *Wilden Hühner* komplett versammelt vor den *Wilden Küken*.
»Wir brauchen eure Hilfe«, druckste Lilli. »Irgendwie kriegen wir das allein nicht hin, eine Bande zu sein.« Sie stieß Bob in die Seite. »Wir haben ja nicht mal Geheimnisse.«
Trude leckte den Marmeladenlöffel ab. »Ist da Marzipan drin?«
»Stinklangweilige Marmelade, das ist unser größtes Abenteuer«, sprudelte es aus Lilli heraus und sie sprach sich ihre Sorgen von der Seele.
»Weißt du, was Sprotte einmal zu mir gesagt hat«, unterbrach Melanie Lillis Redefluss, »vor langer Zeit? ›Abenteuer kann man nicht planen. Die warten um die nächste Ecke – und zack, plötzlich sind sie da!‹«
»Aber wir haben ja nicht mal ein Bandenquartier«, beschwerte sich Lilli. »Und es passiert nichts! Wir wissen nicht mal, ob wir wirklich die besten Freundinnen der Welt sind, so wie ihr, und bald nehmt ihr uns auch noch die Hühner weg …«
»Erst Montag in drei Wochen fange ich auf Gut Feldberg an«, sagte Frieda.
Aber Lilli redete einfach weiter, von einem Bandenbuch, in dem noch kein einziges Abenteuer drinstand, von einem Bandenquartier, in dem ihr Vater seinen stinkenden Knochenleim zubereitete, und dass sie nicht mal das mit den Passwörtern hinkriegten. Mit jedem Satz von Lilli wurde Sprottes Gesicht finsterer. Trude verschränkte die Arme vor

der Brust. Melanie schüttelte den Kopf über Lilli und Wilma sah immer vampirischer aus.

»Und deshalb gebt ihr Fuchsalarm?« Sprotte kochte richtig. »Bei uns *Wilden Hühnern* gibt es drei Arten von Alarm.« Lilli spürte, wie viel Mühe es Sprotte kostete, nicht laut zu werden. »Und keiner darf nur aus Blödsinn ausgelöst werden.«

»Es gibt Rattenalarm«, erklärte Wilma. »Was so viel heißt wie ›Achtung, die Jungs kommen‹.«

»Und Marderalarm«, fügte Trude ernst hinzu, »bedeutet normale Gefahr.«

»Und nur wenn es ganz schlimm wird – bei allergrößter Gefahr, ja, bei Lebensgefahr –, löst ein Bandenmitglied Fuchsalarm aus.«

Lilli konnte Sprotte nicht länger ins Gesicht sehen.

Kurz herrschte ein allgemeines Schweigen. Lilli kratzte sich nervös. Ihr war schrecklich heiß unter den Mahagonilocken.

»Wahrscheinlich hast du recht«, sagte Sprotte schließlich und fügte leise hinzu: »Damit, dass ihr keine richtige Bande seid.«

Eine Minute später waren die *Wilden Hühner* verschwunden.

Und gleich darauf verabschiedeten sich auch Bob und Very.

»Wir brauchen noch ein Passwort für morgen«, sagte Lilli am Tor.

»Du spinnst«, sagte Very. Und Bob sah aus, als würde sie pfeifen.

Am nächsten Morgen fand Lilli für ihr Rad sogar einen Platz in der Fahrradhalle, seitlich an der Betonwand, die über und über mit Sprüchen und Graffitis vollgekritzelt war. Wie in Zeitlupe steckte Lilli den Schlüssel in ihr Fahrradschloss und drehte ihn noch langsamer herum. Ganz hinten standen zwei Mädchen aus der Elften, tuschelten miteinander und rauchten.
Lilli hockte sich auf den Gepäckträger von ihrem Fahrrad und überlegte, ob sie überhaupt zum Unterricht gehen sollte. Oder doch wieder heimfahren und ihrem Vater irgendwas von plötzlichen Kopfschmerzen erzählen. Sicher waren Bob und Very schon im Musiksaal und Frau Homolka war vielleicht auch schon da. Lilli lehnte den Hinterkopf an die Betonwand. Bob und Very würden ihr heute sicher keinen Platz frei halten.
Lilli schlug ihre Ferse gegen die Wand. Wenn die beiden schon von Anfang an dagegen waren, die SMS zu schicken, dann hätten sie das gestern gleich sagen sollen. Rechtzeitig. Lilli schloss die Augen. Am liebsten wäre sie einfach verschwunden oder jemand anders gewesen. Das Mädchen vom Titelblatt der Zeitschrift vielleicht, die da vorne am Boden lag. *Princess of Casting* las Lilli unter dem Foto. Lilli sah sich selbst mit langen, glatten blonden Haaren, die im Wind wehten. Passend dazu ertönte jetzt auch noch Musik. Hatte sie sich die Musik nur eingebildet? Nein, eine der beiden Raucherinnen spielte der anderen ein Lied auf ihrem Handy vor.

Lilli griff in die Hosentasche. Das Geld war noch da. Sie hatte ihr Sparschwein geplündert, um Ole den kaputten MP3-Player zu ersetzen. Wahrscheinlich war das Ding viel teurer gewesen und ihre dreißig Euro würden nicht reichen.
Lilli roch den Zigarettenrauch und stellte sich vor, wie auf einer Bühne Nebelschwaden waberten, die Musik wurde lauter, und dann tauchte Lilli Beauty, die neue *Princess of Casting*, aus den Nebeln auf. Atemberaubend schön. Ganz vorne im Publikum saßen Bob und Very. Die beiden waren wahnsinnig stolz, Lilli zu kennen, und erzählten überall herum, was für dicke Freundinnen sie früher einmal gewesen waren.
Lilli öffnete die Augen. Die beiden Raucherinnen waren weg. Einsam und verlassen saß Lilli auf ihrem Gepäckträger und weinte leise.
Von der Schule her hörte man den Gong. Das Geschrei und Gegröle waren verstummt. Die erste Stunde hatte angefangen. Lilli schniefte, und gleichzeitig traf sich ihr Blick mit dem von Sprotte, die am Ausgang der Fahrradhalle an der Mauer lehnte. Wie lange mochte Sprotte wohl schon da gestanden haben? Sprotte nickte Lilli fast unmerklich zu und ging weiter Richtung Schule.
Lilli wischte sich die Tränen weg und entschied sich gegen das Kopfweh, obwohl sie inzwischen tatsächlich welches hatte.

Frau Homolka war so vertieft in die Klänge, die sie der Klasse vorspielte, dass sie gar nicht merkte, wie Lilli klamm heimlich in den Musiksaal huschte. Bob winkte ihr und Very nahm die Tasche vom Stuhl neben ihr. Die beiden hatten ihr doch einen Platz frei gehalten. Wenn sie noch sauer waren, ließen sie es sich immerhin nicht anmerken.

Nach Musik hatten sie eine Freistunde. Bob und Very gingen raus in den Pausenhof. Lilli schwindelte, noch kurz in die Bibliothek zu müssen, in Wahrheit aber suchte sie eine Gelegenheit, um Ole allein zu erwischen. Am Ende der Musikstunde hatte sie zufällig mitbekommen, wie Frau Homolka Ole bat, ihr beim Hochtragen eines Tageslichtprojektors zu helfen.

Lilli setzte sich auf einen der drei beigen Sessel, auf denen man normalerweise wartete, bis man im Sekretariat drankam. Als Ole um die Ecke bog, starrte Lilli betont gelangweilt auf die Schließfächer der Lehrer an der Wand gegenüber, aber aus dem Augenwinkel beobachtete sie Ole. Der drückte die Klinke vom Raum mit den Tageslichtprojektoren, aber die Tür war abgeschlossen. Also setzte er sich jetzt ebenfalls, ließ aber einen Sessel zwischen ihm und Lilli frei. Von Mitch und Little war keine Spur. Alles lief genau, wie Lilli gehofft hatte, nur, dass sie jetzt nicht den blassesten Dunst hatte, was sie sagen sollte.

Schweigend betrachteten sie die Schließfächer, deren Namensschilder verrieten, wem welches Fach gehörte. Eins dem Sportlehrer, Herrn Buse. Eins Frau Schley. Die Nachnamen waren ganz ausgeschrieben, die Vornamen abgekürzt. *M.* stand hinter *Schley*. Frau Schley hieß Mia, fiel Lilli ein. Und Herr Buse hieß Norbert. Was wohl das *R.* hinter Herrn Wieses Name bedeutete? Vielleicht Robert, überlegte Lilli, da rutschte Ole auf den Platz neben ihr.

Lilli schnupperte. Sie kam nicht drauf, woran Oles Geruch sie erinnerte.

Ole zeigte auf die Schließfächer. »Guck dir mal das Schild von Herrn Buse genau an.«

Erst kapierte Lilli nicht, was Ole meinte, aber dann sprang es ihr förmlich in die Augen. *Buse N.* stand da und darunter *Sport.* Zusammen ergab es Busensport! Lilli musste lachen.

»Little hat das entdeckt«, sagte Ole, ebenfalls lachend.

Er riecht nach Kakaopulver, dachte Lilli. »Tut mir leid wegen dem MP3-Player.« Lilli kramte die drei Zehneuroscheine raus und hielt sie Ole hin. »Hier, weil ich ihn doch kaputt gemacht hab!«

Ole schüttelte den Kopf.

»Reicht wohl nicht«, murmelte Lilli. »Vielleicht als Anzahlung?«

»Der ist nicht hinüber.« Ole zog seinen MP3-Player aus der Hosentasche. »Aber seit du ihn gewässert hast, spielt er nur noch Songs mit Wasser.«

Er reichte Lilli einen Ohrenstöpsel. »Pass auf.« Ole berührte das Display mit der Fingerspitze und dann hörte Lilli eine Melodie. »Das ist *Bridge Over Troubled Water*«, sagte Ole und grinste.

Doch dann kam Frau Homolka mit ihrem Schlüssel in der Hand um die Ecke marschiert und winkte Ole eilig zu sich. Ole zupfte Lilli den Ohrenstöpsel raus und folgte der Lehrerin in den Lehrmittelraum.

Lilli ging die Treppe rauf und summte die Melodie von dem Lied weiter. Sie war erleichtert. Und das nicht nur wegen der gesparten dreißig Euro.

In den restlichen Schulstunden schaute Lilli immer wieder zu Ole rüber, aber der schien sich nur zu langweilen. Was natürlich auch an dem Vortrag liegen konnte, den ihnen Frau Wilhelms hielt, die auf ihren hochhackigen Schuhen vor einer am Kartenständer aufgehängten Schautafel des chemischen Periodensystems auf und ab stöckelte. »Wir unterscheiden verschiedene Aggregatzustände«, erklärte Frau Wilhelms gerade, da entdeckte Lilli, dass Ole unter der Bank einen kleinen Zettel zusammenrollte. Offensichtlich wollte er ihn an Mitch weiterreichen, aber der Zettel fiel ihm runter. Philipp, der links von Ole saß, bemerkte das sofort und kickte das Papierröllchen in die Mitte des Klassenzimmers. Im gleichen Moment traf Oles Blick den von Lilli.

Und plötzlich wusste sie, dass der Inhalt des Zettels etwas mit ihr zu tun hatte. Sie musste diesen Zettel aus dem Verkehr ziehen, und zwar schleunigst. Schon streckten sich unter den Bänken etliche Füße nach der geheimen Botschaft aus. Jetzt oder nie, dachte Lilli. Und während Frau Wilhelms das Wort *gasförmig* neben die Worte *flüssig* und *fest* an die

Tafel schrieb, sauste Lilli wie ein geölter Blitz in die Mitte des Klassenzimmers, schnappte sich den Zettel und saß wieder auf ihrem Platz, bevor Frau Wilhelms sich umdrehte.
»Wenn wir die Ordnung der chemischen Stoffe betrachten, dann erkennen wir: Ordnung ist nicht nur das halbe, sondern das ganze Leben. Denn das ganze Leben ist Chemie.« Frau Wilhelms pustete sich den Kreidestaub von den Fingern.
Lillis Finger rollten die Botschaft unter der Bank auf und sie las: *POBRSBHFSTT VSIHS IA RFSW OA YSZHSBPIQYSZ*. Wahrscheinlich irgendeine Geheimschrift. Lilli steckte die Nachricht in das kleine Seitenfach ihres Schulrucksacks. Dabei lugte sie vorsichtig zu Ole. Er wirkte nicht sonderlich beunruhigt. Scheinbar war er sich verdammt sicher, dass Lilli es nicht schaffen würde, die Geheimschrift zu knacken.

»So teuer? Das ist ja Wahnsinn!« Bob rechnete gerade aus, wie viele Räder von ihrem Modell sie für den Preis von Verys neuem Rad bekommen würde, da fuhren Ole, Little und Mitch in Schlangenlinien an den drei *Küken* vorbei. Seit der Freistunde hatte Lilli mit Ole kein Wort mehr gewechselt.

»Guckt mal, Little trägt nicht nur einen Fahrradhelm, Knie- und Armschützer, er hat am helllichten Tag sogar das Vorder- und Rücklicht eingeschaltet!«, sagte Very kichernd.

»Und jetzt streckt er auch noch die Hand vorm Abbiegen raus, der Streber«, flüsterte Bob.

»Das tu ich auch!« Lilli fand das ganz normal.

»Auf, ihr Reiter! Schwingt die Schwerter! Reitet, reitet zur Vernichtung der Welt! Toood! Toood! Toood!«, feuerte Mitch die beiden Brüder vor sich an.

»Was für ein Idiot.« Very schüttelte angewidert den Kopf. »Karomuster! Zu einem gestreiften Hemd. Unmöglich.« Zwischen Mitchs Streifenhemd und seiner tief sitzenden Jeans leuchteten rot-weiß karierte Shorts.

»Hey, Mitch«, schrie Bob ihm nach. »Wir sehen deine Unterhose!«

Als die Jungs außer Sicht waren, unterhielten sich Lilli, Bob und Very über die Schule, über die Ungerechtigkeit von Hausaufgaben und über Opa Hinsgen. Dieser hatte Very gestern Abend wieder mit seiner Firmenchronik genervt, bis Very ausgerastet war und ihm an den Kopf geworfen hatte, er würde nur seine Langeweile an ihr auslassen. Woraufhin Opa Hinsgen behauptet hatte, dass sein Schwiegersohn Hartmut wohl nicht nur in der Firma nichts auf die Reihe bekäme, sondern auch bei der Erziehung seiner Tochter versagt habe. Und als sich dann auch noch die auf dem Sofa liegende Ilona einmischte, plumpste der straußeneigroße Heilstein, der auf ihrem verspannten Rücken lag, auf den Boden und schlug eine Delle in das kostbare Olivenholz.
Bob erzählte von Tante Luisa, die ja eigentlich nur vorübergehend bei ihnen wohnen wollte. Aber inzwischen hatte Bobs Vater die Wahnsinnsidee, Tante Luisa das sogenannte Arbeitszimmer, in dem sowieso nur der ganze Papierkram der Eisdiele aufbewahrt wurde, sowie das Gästezimmer samt Gästebad sozusagen als kleine Wohnung für länger zu vermieten. »Wisst ihr, was das heißt?«, fragte Bob. »Lebenslange Nachhilfe.«
»Arme *Itsy Bitsy* spider«, sagte Lilli mitfühlend.
»Wenn Opa wenigstens ein Hobby hätte«, jammerte Very. »Aber seit er seine Mitarbeiter nicht mehr rumkommandieren kann, sind wir seine Firma.«
Lilli, Bob und Very redeten und redeten. Über alles Mögliche. Nur nicht darüber, was sie vorhatten.

»Sollen wir das wirklich tun?«, fragte Bob leise, als sie auf der Nepomukbrücke standen.

»Wir haben immer noch die Hühner«, murmelte Very. »Zumindest noch drei Wochen.« Und so leise, dass man es kaum hörte, fügte sie hinzu: »Vielleicht sollten wir so lange warten, vielleicht werden wir ja noch eine richtige Bande.«

Aber als Lilli ihr Lederband mit der Hühnerfeder vom Hals nahm, machten es ihr Bob und Very nach.

Der Fluss wälzte sich unter der Brücke hindurch. Ein sich langsam drehendes Stück Styropor trieb vorbei.

Sie streckten die Arme aus. Die Bandenhalsketten baumelten über dem Abgrund. Ein Windstoß bewegte die Federn. Da klingelte es in Lillis Hosentasche. Die Feder noch immer über die Brüstung haltend, fischte Lilli das Handy raus. *Eine neue Nachricht*, verkündete das Display.

»Von Sprotte«, sagte Lilli und öffnete die SMS.

Drei Köpfe beugten sich über das Handy und lasen gleichzeitig ein Wort: *KÜKENALARM*.

Lilli trat in die Pedale. Vor ihren Augen baumelte die Hühnerfeder, die sie um den Hals trug. Lilli musste etwas blinzeln, weil die Sonne blendete. Dafür hatten sie Rückenwind. Hinter sich hörte Lilli Bob schnaufen und hinter Bob die Gangschaltung von Verys Superrad klackern. Jetzt ging es zum Glück bergab. Die drei *Wilden Küken* zogen ihre seltsam lang gezogenen Schatten hinter sich her, ihre Federn flatterten an ihren Lederbändern. Der Fahrtwind pfiff durch

Lillis Locken und ihre Gedanken drehten sich im Kreis. Über Kükenalarm stand nichts im Bandenbuch. Was hatte das zu bedeuten? Brauchten die *Wilden Hühner* etwa die Hilfe der *Küken*?

Fast hätte Lilli die Abzweigung verpasst. Zum Glück klingelte Bob hinter ihr wie wild. Dann ging es den Feldweg lang, das letzte Stück mussten sie schieben und dann waren sie an der Wiese. Sie konnten den Wohnwagen schon sehen, das legendäre Bandenquartier der *Wilden Hühner*. Vor dem Wohnwagen war ein Sonnenschirm aufgestellt, in dessen Schatten saßen Sprotte, Frieda, Trude, Melanie und Wilma und tranken Tee.

Lilli, Bob und Very warfen ihre Räder ins Gras, rannten los und stolperten. Ein ganzer Turm aus leeren Blechdosen stürzte scheppernd um.

»Wir sind so schnell gekommen wie möglich«, keuchte Lilli außer Atem. Hinter ihr rappelten sich Bob und Very auf.

»Coole Stolperfalle.« Very zeigte anerkennend auf den Haufen Blechdosen.

»Kleiner Rückfall in alte Zeiten.« Sprotte stellte schmunzelnd ihre Teetasse beiseite.

Bob sog den Duft des Tees ein und murmelte: »Dschungelfeuer.«

»Was bedeutet denn Kükenalarm?«, fragte Lilli kleinlaut.

Aber fast gleichzeitig rief Frieda: »Rattenalarm – die Jungs kommen!«

Und tatsächlich kamen Willi und Steve auf einem Moped

angetuckert. Kaum hatten sie die Helme abgenommen, da fiel Frieda Willi um den Hals und Trude Steve.
Lilli schaute zu Sprotte. »Kommt Fred auch?«
Sprotte schüttelte den Kopf.
»Jetzt lasst es mal gut sein mit der Knutscherei«, sagte Melanie.
»Beeilung«, drängte Wilma. »Ich muss in einer Stunde bei der Theaterprobe sein.«
Und eine Minute später setzte sich eine merkwürdige Karawane in Bewegung. Vorneweg gingen Sprotte, Melanie und Wilma. Dann folgten die *Wilden Küken* und zum Schluss kamen Trude und Steve, gefolgt von Frieda und Willi, der einen Klappspaten dabeihatte. Willi und Steve waren früher einmal, genau wie Fred und Torte, Mitglieder der *Pygmäen* gewesen. Die *Pygmäen*, so nannte sich eine Bande von Jungs, die gemeinsam mit den *Wilden Hühnern* schon jede Menge Abenteuer erlebt hatten. Abenteuer, von denen Lilli nur träumen konnte.
Es war ein weiter Fußmarsch, bis Sprotte endlich stehen blieb.
Willi zeigte auf einen knorrigen Baum. »Hier hatten wir *Pygmäen* mal unser Baumhaus.« Er trat näher an das Ufer eines Tümpels, leckte den Finger ab, prüfte den Wind, schaute nach dem Stand der Sonne, machte fünf weit ausholende Schritte und stieß dann den Spaten in den Boden.
Willi verschränkte die Arme und schaute Lilli abwartend an.

»Hier müsst ihr graben«, erklärte Steve.
Lilli schaute zu Sprotte.
Die zuckte mit den Schultern. »Deshalb haben wir euch gerufen.«
Lilli ergriff den Spaten und grub. Schon nach wenigen Spatenstichen traf sie auf etwas Hartes. Es klang hohl.
Jetzt knieten die *Wilden Küken* zu dritt am Boden und gruben mit den Händen weiter. Lilli klopfte hektisch mit den Fingerknöcheln auf einen Holzdeckel, aber der Rhythmus ihres Herzens war noch schneller.
»Igitt, ein Sarg!«, kreischte Very.
»Eine Schatztruhe!« Bob buddelte Erde beiseite.
Lilli bekam die Bodenkante zu fassen und zog die Kiste hoch.
Atemlos standen die *Wilden Küken* um die schmutzige schuhschachtelgroße Holztruhe. Der Deckel war fest mit dem Unterteil verschraubt.
»Wir brauchen einen Schraubenzieher.« Lilli war schon wieder ganz heiß unter ihren dicken Locken.
»Nein, lies doch!« Very rubbelte mit ihrem Taschentuch den Truhendeckel sauber.
»Das ist eingebrannt«, murmelte Bob.
»Mit einer Lupe«, sagte Steve.
Lilli fuhr mit dem Finger die Buchstaben nach, die sich wie schwarze Würmer auf dem Holzdeckel ringelten. *Nur um Mitternacht öffnen!*
Bobs Mund klappte tonlos auf und zu. Very hielt ihr drecki-

ges Taschentuch in den Händen und Lilli hatte Erde in den Haaren. Vielleicht lachte Sprotte deshalb so seltsam.
»Was ist das für eine Truhe?«, fragte Lilli. Ihr Herz hüpfte vor Freude über das Abenteuer.
»Diese Truhe ...«, fing Sprotte geheimnisvoll an.
»... haben die *Pygmäen* und die *Wilden Hühner* ...«, fuhr Frieda fort, und Trude vollendete den Satz: »... vor vielen Jahren hier vergraben.«
Melanie blickte sich um, als wollte sie sich vergewissern, dass auch wirklich niemand durchs Gebüsch schlich und sie belauschte. »Das war noch bevor wir an der Nordsee den Geist von Jap Lornsen gejagt haben.«
»Also noch vor meiner Zeit als *Wildes Huhn*«, flüsterte Wilma.
»Und jetzt gehört sie euch«, sagte Willi und lächelte.
»Pscht!« Steve hob, in den Wald lauschend, die Hand.
Alle hielten den Atem an, und niemand wagte, sich zu bewegen, bis Steve den Kopf schüttelte. »Ich dachte, ich hätte was gehört.« Er zeigte auf die Truhe. »Ist irgendwie magisch, das Ding.«
Lilli blickte zwischen der Holztruhe und Sprotte hin und her.
»Diese Truhe«, wiederholte Sprotte und legte die Hand auf den Deckel mit der eingebrannten Inschrift, »haben wir hier vergraben für den Fall ...« Sie machte eine Pause und kurz hörte man nur noch die Geräusche des Waldes und ein leises Glucksen im Tümpel.

»Für welchen Fall?«, hauchte Lilli.
Lilli war sich nicht sicher, ob Sprotte ihr wirklich zuzwinkerte oder ob der Eindruck nur durch einen Sonnenreflex in Sprottes blaugrau glitzernden Augen entstanden war. »Für den Fall, dass uns die Abenteuer ausgehen.«

Auf dem Rückweg hatten sie die Sonne im Rücken: Lillis, Bobs und Verys Schatten fuhren vor ihnen her und die drei *Wilden Küken* sausten ihnen nach.
Es waren noch sieben endlos lange Stunden bis Mitternacht.

Zu Hause versteckte Lilli die hölzerne Truhe erst unter ihrem Bett, dann unter dürren Tannenzweigen neben der Hängematte auf ihrer Weihnachtsinsel, und schließlich schleppte sie eine leere Blechkiste aus der Werkstatt ins Gewächshaus, sperrte die Holzkiste in die Blechkiste, schlang ihr Fahrradschloss darum herum, schloss ab und steckte den Schlüssel in die Hosentasche.
Lillis Vater hatte in der Werkstatt früher aufgehört als sonst und stand gerade unter der Dusche. Lilli hockte in ihrer Hängematte und hörte sein Pfeifen durch das gekippte Badezimmerfenster.
Sie hatte gerade mit Very und Bob telefoniert. Beide hatten ihren Eltern die Erlaubnis aus den Rippen geleiert, heute bei Lilli übernachten zu dürfen. Aber bis zu ihrem Eintreffen würde es wohl noch eine ganze Weile dauern.

Ein Duft von Duschgel und Rasierwasser hüllte ihren Vater ein, als er sich zu Lilli in die Hängematte setzte.
»Du riechst aber gut«, sagte Lilli. »Muss ja ein wichtiger Kunde sein.«
»Ich gehe mit der Kundschaft erst in die Ausstellung mit Chippendale-Möbeln. Und dann in die Oper.«
»Soso«, sagte Lilli. »In die Oper.«
»Zar und Zimmermann«, sagte ihr Vater. »Mist, wie geht dieser blöde Knoten noch mal?« Ungeschickt versuchte er, eine Krawatte zu binden. »Ich komme wahrscheinlich erst gegen eins heim. Da liegt ihr *Küken* garantiert schon in den Federn, klar?«
»Morgen ist ja Samstag und wir können ausschlafen.« Lilli rekelte sich in ihrer Hängematte. Ihr Vater und eine Krawatte, das passte so gar nicht zusammen.
»Wenn irgendwas ist, du hast meine Handynummer. Und im Notfall klingelst du bei Röhrichs. Denen hab ich schon Bescheid gesagt.«
»Du triffst dich mit einer Frau«, rutschte es Lilli raus.
Ihr Vater dachte kurz nach. Seine langen Haare waren nicht zusammengebunden, sondern lagen wie ein Fächer über den Schultern seines Jacketts.
»Sie ist nur eine Kundin«, sagte er und stand auf.
»Ich würd die Krawatte weglassen«, rief Lilli ihm noch nach, aber er drehte sich nicht mehr um.
Lilli schaukelte hin und her und hatte ein schlechtes Gewissen, weil sie so inständig hoffte, dass ihr Vater sich nie im

Leben verlieben würde. Ohne je in einer Oper gewesen zu sein, war sie sich ziemlich sicher, dass sie dieses Gejaule nicht mochte.

Lilli wartete und zählte die Sekunden. Sekunden, die noch zäher waren als Holzleim. Und bevor die Zeit gänzlich kleben blieb, beschloss Lilli, zur Eisdiele zu fahren, sich ein Pistazieneis zu schnorren und Bob abzuholen.

Dies entpuppte sich als keine gute Idee, denn bereits auf halbem Weg fing es an zu tröpfeln, und als Lilli ihr Rad vor der Eisdiele abstellte, schüttete es richtig. Die Außentische waren schon alle unter dem Vordach zusammengestellt, aber die Eisdiele leuchtete wie eine Insel aus Sonnenschein. Die meisten Wände waren gelb gestrichen und durch die offene Tür hörte man die Musicbox.

Lilli schaute durchs Fenster. Gelatino balancierte Eiswaffeln auf den Fingerspitzen und Bobs Papa tanzte mit seiner Schwiegermutter. So gebückt die Nonna manchmal ging, tanzend schien sie zu schweben. Sie machte die Schritte vor und ihr Schwiegersohn ahmte sie lachend nach. Bobs ältere Schwester Giulia knutschte mit einem Typ rum, den Lilli noch nie gesehen hatte. Bob saß auf dem Schoß ihrer Mama und Siegi, das Nesthäkchen, fuhr auf seinem winzigen Kinderfahrrad mit Stützrädern im Kreis. Geschickt verfrachtete Gelatino Eiskugeln in die Waffeln und brachte sie den einzigen Gästen der Eisdiele. Es waren zwei junge Frauen, die lachend begannen, ihr Eis zu schlecken. Gelatino reichte der mit dem kürzeren Rock einen Kugelschreiber. Sie schrieb ihm etwas auf die Innenseite seines Unterarms. Wahrscheinlich ihre Telefonnummer.

Lilli musste an ihren Vater denken. Ob ihm die Frau heute in der Oper auch ihre Telefonnummer geben würde? Da sie eine Kundin war, hatte er ihre Nummer garantiert schon, fiel ihr dann ein.

Jetzt ertönte ein anderes Lied aus der Musicbox. Offensichtlich das Lieblingslied der Cantarellas, denn alle sangen mit. Giulia begann zu tanzen und ihr Freund klatschte. Die Nonna fasste nach der Hand von Bobs Mama, Bobs Papa hob Siegi hoch, Bob griff nach Siegis Fuß und schließlich tanzte die ganze Familie im Kreis.

Lilli stand draußen vor der Scheibe und schaute zu. Eine richtige Familie, dachte sie, und das Wort »Familie« war ihr seltsam fremd.

Sie gab sich einen Ruck. Kaum hatte Lilli einen Fuß in die Eisdiele gesetzt, da drückte ihr Gelatino auch schon ein Pistazieneis in die Hand. »Fast so grün wia deine Aug'n!«

Lilli fand jede Eissorte der Cantarellas köstlich. Aber ganz besonders Pistazie. Sie lehnte sich gegen die Musicbox, lauschte dem lauten Gesang und schleckte das grüne Eis. Lilli hatte doch alles, was sie brauchte. Sie hatte ihren Papa und sie hatte eine Bande. Sie und Bob und Very waren die *Wilden Küken*. Ihre beiden Freundinnen würden heute bei ihr übernachten, und es gab eine hölzerne Truhe, die genau um Mitternacht geöffnet werden wollte.

Wie drei Wachhunde, oder besser Wachküken, hockten Lilli, Bob und Very im Gewächshaus um die geheimnisvolle Schatztruhe. Sogar die Hühner äugten neugierig durch die Scheiben. Es hatte aufgehört zu regnen und weiße Wölkchen huschten über den blauen Himmel. Der Duft von Dschungelfeuer durchzog das Gewächshaus, Verys Schlafsack verströmte den Geruch eines biologischen Schrankparfüms, aber am intensivsten roch es nach Schokolade. Auf der Kochplatte stand ein Topf mit heißem Wasser und darin schwamm eine Schüssel mit geschmolzener Schokolade. In die tauchten sie abwechselnd auf die Gabel gespießte Bananenscheiben, Weintrauben und Himbeeren.

Als die drei pappsatt waren und die Schokoladenschüssel restlos sauber geleckt war, holte Lilli ihren Schlafsack aus dem Haus, und dann lagen sie auf einem Floß aus Isomatten mitten im grünen Wiesenozean auf dem Rücken und schauten in den Himmel. Drei Schiffbrüchige, die ständig kichern mussten. Über Wolkenfetzen, die aussahen wie Toupets, über die Magengeräusche von Very und über Bobs italienische Schimpfwörter.

»Und was heißt …«, den Rest flüsterte Lilli in Bobs linkes Ohr.
»*Stupido*«, antwortete Bob.
Dann flüsterte Very etwas in Bobs rechtes Ohr.
»*Balordo*«, war die Antwort.
Lilli und Very grübelten, was sie noch fragen könnten, da ging im Nachbarhaus eins der Dachfenster auf, und kurz war der Kopf von Herrn Röhrich zu sehen.
»Und was heißt Kohlkopf?«, prustete Very.
»*Testa di cavolo.*«
Alle drei kriegten sich nicht mehr ein vor Kichern.
»Lilli«, rief Herr Röhrich aus dem Dachfenster.
»Pscht«, machte Lilli zu ihren Freundinnen. Herr Röhrich konnte sie doch unmöglich gehört haben. Und wenn, dann verstand er hoffentlich kein Italienisch.
»Lilli«, wiederholte Herr Röhrich. »Wenn was sein sollte, solang dein Papa weg ist, ruf an, okay? Unsere Telefonnummer hast du ja.«
»Danke, Herr Röhrich«, rief Lilli. »Es wird schon nichts sein.«
Dann suchten sie drei passende Schraubenzieher in der Werkstatt, räumten die Schlafsäcke und Isomatten ins Gewächshaus, tranken den inzwischen kalt gewordenen Dschungelfeuertee und überlegten hin und her, was passieren würde, wenn sie die Truhe einfach vor Mitternacht aufschrauben würden. Jetzt zum Beispiel. Sie sahen sich an und dachten kurz nach. Aber sie kamen zu dem Schluss, dass sie

nichts riskieren sollten, und vertrieben sich die Zeit mit Musikhören.

Alle drei *Wilden Küken* summten mit Lillis CD-Player um die Wette, und fast hörte es sich so an, als würden auch die Hühner nebenan im Takt mitgackern. Lilli kramte den Zettel mit der Geheimschrift aus ihrer Tasche: *POBRSBHFSTT VSIHS IA RFSW OA YSZHSBPIQYSZ*. Eine Weile versuchten sie, den Code zu entschlüsseln, aber es gelang ihnen nicht. »Wenn sich Little die Geheimschrift ausgedacht hat, kriegen wir das nie raus«, sagte Bob.

»Am besten hör ich auf, mir den Kopf darüber zu zerbrechen«, entschied Lilli, lief rüber zum Holzlager und warf den Zettel in die Papiertonne.

Dann sammelten sie Hühnerfedern. Alle verlorenen Federn ihrer gefiederten Gäste bewahrten sie in einer leeren Pralinenschachtel auf. Zu ihrer Überraschung fanden sie nicht nur Federn, sondern sogar noch zwei Eier.

»Spiegel oder Rühr?«, fragte Lilli, aber ihre Freundinnen fassten sich bloß an den Bauch und schüttelten den Kopf.

Lilli wollte die Eier gerade in die Küche bringen, da entdeckte sie Herrn Röhrich. Er stand drüben im Nachbargarten wieder auf seiner Leiter und pflückte Äpfel.

»Möchten Sie zwei Eier haben?« Lilli wusste selbst nicht, warum sie das tat. Sie sprach eigentlich nie von sich aus mit Herrn Röhrich. Sie kletterte auf die umgedreht im Gras liegende Schubkarre und schaute über die Hecke. »Von unseren Hühnern, über die Sie sich immer so ärgern.«

Herr Röhrich stieg von der Klappleiter, stellte sie näher an die Hecke und sein Kopf tauchte wieder auf. Ein leichter Wind hob einzelne Strähnen seiner künstlichen Haare hoch.
Lilli streckte sich und reichte Herrn Röhrich die Eier. »Eins für Sie und eins für Ihre Frau.«
Herr Röhrich nahm die Eier und steckte sie vorsichtig rechts und links in seine Jackentaschen. »Warte. Kannst du fangen?« Nacheinander warf er Lilli Äpfel zu, die sie fing und sanft neben der Schubkarre ins Gras fallen ließ.
»Sind viel zu viele Äpfel für uns allein.« Herr Röhrich zeigte auf den Apfelbaum. »Der ist genauso alt wie unsere Tochter: siebenunddreißig Jahre.«
»Fragen Sie doch Ihre Tochter, ob sie welche mag. Sicher freut sie sich.«
Mit einer Hand umklammerte Herr Röhrich die Leiter, mit der andern hielt er sein Toupet fest. Hinter Lilli raschelte der Wind in den Birkenblättern und die an den Schnüren baumelnden Lochsteine berührten sich mit einem leisen Klingen.
Doch plötzlich übertönte die Stimme von Frau Röhrich alles. »Wo bleibst du denn so lange, Hans-Dieter?« Herr Röhrich nickte Lilli zu und verschwand.
Den letzten Apfel noch in der Hand haltend, sprang Lilli von der Schubkarre.

Draußen war es längst dunkel. Im Licht ihrer Taschenlampen kauerten die *Wilden Küken* im Dreieck um die kleine Schatztruhe und rätselten über deren Inhalt.
Lilli ließ ihre Hand über den Deckel gleiten. »Sie hat auf alle Fälle etwas Magisches.«
»Aber nichts Gruseliges«, sagte Very schnell.
»Uuhhhhh!«, machten Lilli und Bob gleichzeitig.
Wie sie es erwartet hatten, zuckte Very erschrocken zusammen. »Hört auf.« Sie kuschelte sich tiefer in ihren Schlafsack. »Ilona hatte mal so einen Lehrer für Atemtechnik.« Verys Stimme wurde immer leiser. »Der hat tatsächlich behauptet, er könne irgendwie so atmen, nach so einer Indianertechnik, dass er in Trance fällt und mit den Verstorbenen reden kann.«
»Pscht!« Bob legte den Finger auf die Lippen. »Habt ihr das gehört? Diese Stimme? Das kommt aus der Truhe.« Bob legte ihr Ohr an die Truhe und redete mit verstellter Stimme in ihre hohle Hand. »Sie haben mich geköpft ...«
»Bob, hör auf«, jammerte Very.
Lilli lachte und gruselte sich zugleich.
»Ich bin der sprechende Kopf von ...« Bob verdrehte ihre Augen. »... von Verys Ururgroßvater Dagobert Hinsgen. Ich stinke vor Geld, aber dafür riecht sogar mein Schlafsack nach Parfüm.«
Very gab Bob einen Schubs, Bob kippte hintenüber und ihr Fuß landete direkt in Lillis Gesicht. Die hielt den nackten Fuß von Bob fest, legte ihr Ohr daran und sagte mit verstell-

ter Stimme: »Ich bin der sprechende Fuß von Bobbina Wilhelms und ich stinke ein bisschen nach Käseschweiß!«
»Es gibt überhaupt kein Käseeis«, beschwerte sich Bob, und ab da lachten die drei über jedes Wort, egal ob es lustig war oder nicht. Lilli bekam schon Schluckauf.
»Passwort?«, fragte Very schließlich und hielt sich den Bauch vor Lachen.
»Käseeis«, presste Bob kichernd hervor.
»Falsch, *Käseschweiß.*« Very platzte fast. Und Lilli hickste. Die Holztruhe hatte wirklich etwas Magisches. Es war seit Stunden überhaupt nichts passiert, die Truhe war sogar noch verschlossen – und doch war es den *Wilden Küken* keine Sekunde langweilig.

»Vielleicht ist ein Ring drin?«, murmelte Very müde.
»Oder eine Schatzkarte«, sagte Bob, so vorsichtig, als könnte alles wahr werden, was sie jetzt sagten.
Oder die Igelhaarspange, schoss es Lilli durch den Kopf. Bei diesem Gedanken richtete sie sich auf und fuhr sich über das Gesicht. »Jetzt wäre ich fast eingepennt.«
»Ich vorhin auch schon«, gestand Bob und rüttelte Very an der Schulter.
»Ich bin wach«, beteuerte Very. »Wie spät ist es?«
Lilli schaute erst auf ihre Armbanduhr, dann auf die Uhr vom Telefon, das neben ihrem Schlafsack lag. Papa hatte darauf bestanden, dass sie das Mobilteil mit ins Gewächshaus nahmen. Beide Uhren zeigten die gleiche Uhrzeit.

»Kurz nach elf.« Lilli gähnte – und dann fuhr sie plötzlich zusammen.

Bob und Very ging es ebenso. Alle drei waren schlagartig wach.

»Was war das?«, wisperte Very. »Da, schon wieder.«

»Wie von einer Trommel.« Bobs Stimme klang nicht ganz so ängstlich.

Lilli kramte ihre Taschenlampe raus. »Vielleicht sind das Ole und die anderen.«

Bob und Very folgten Lilli mit ihren Taschenlampen nach draußen.

»Vielleicht stand das in der geheimen Papierrolle. Dass sie uns erschrecken wollen.«

»Es ist bloß der Anhänger.« Bob hielt den Lichtstrahl auf den Anhänger von Lillis Vater. Die dunkelgraue Anhängerplane mit der Aufschrift *Schreinerei Stefan Holler* hatte sich gelockert und die lose Halteleine und das im Wind flatternde Eck der Plane verursachten das Geräusch.

»Trotzdem«, sagte Lilli.

»Wie *trotzdem*?«, fragte Very.

»Trotzdem besteht die Möglichkeit, dass uns jemand beobachtet, wenn wir genau um Mitternacht die Schatzkiste öffnen«, erklärte Bob, die Lilli sofort verstanden hatte.

»Oder jemand stört uns. Und dann ist Mitternacht vorbei und wir müssen bis morgen warten.«

Jetzt hatte es auch Very kapiert.

»Wisst ihr noch, die Stolperleine, heute am Wohnwagen der

Wilden Hühner?« Lilli war jetzt ganz aufgeregt. »Wir brauchen eine Falle, für unerwünschten Besuch.« Noch während Lilli das sagte, hatte sie eine Idee. »Macht ihr schon mal die Plane vom Anhänger ab. Ich such mein altes Babyplanschbecken.«

Lilli hatte das aufblasbare Planschbecken im Keller zwischen ihren alten Spielsachen gefunden. Jetzt hockte sie vor dem Gewächshaus im Gras und pustete den untersten Ring des Planschbeckens auf. »Das reicht«, sagte sie etwas aus der Puste. »Wasser marsch.«
Bob und Very hatten inzwischen den Gartenschlauch angeschlossen und füllten Wasser in das Planschbecken. Die drei *Wilden Küken* blieben dabei natürlich auch nicht trocken. Gemeinsam breiteten sie die Anhängerplane über das Becken. Dann schalteten sie ihre Taschenlampen aus. Durch die dunkelgraue Plane getarnt, war die Falle nur mit Mühe zu erkennen. Zuletzt spannten sie noch eine Stolperleine und kehrten zufrieden ins Gewächshaus zurück.
Noch 40 Minuten bis Mitternacht. Immer öfter schaute Lilli auf die Uhr. Noch 39 Minuten. Draußen war alles ruhig. Von Ole und den anderen keine Spur. Zum Glück. Noch 38 Minuten. Immer wieder tastete Lilli nach der kleinen Holztruhe, wie um zu überprüfen, ob sie auch wirklich noch da war.
»Wie lange noch?«, fragte Very gerade zum siebenundzwanzigsten Mal, da ertönte draußen ein Schrei und gleich darauf ein lautes »Platsch!«.

»Ole«, zischte Lilli. »Ich hatte recht.«
Lilli griff sich ihre Lampe und rannte, gefolgt von den anderen beiden *Wilden Küken,* aus dem Gewächshaus. »Schnell!«, schrie Lilli und packte das Seil vor ihr am Boden.
Eine dunkle Gestalt zappelte auf der Plane und prustete, Wasser spritzte in alle Richtungen.
Gleichzeitig mit Lilli zogen auch Very und Bob am Seil. Die Plane schloss sich um den Eindringling wie ein Beutel.
»Wir haben ihn«, triumphierte Lilli.
»Lilli«, schrie der Gefangene und strampelte. »Spinnst du!?«
Das ist nicht Ole, durchfuhr es Lilli.
»Was soll das?«, tönte es wütend unter der Plane hervor. »Ich bin patschnass!«
»Papa?!«, rief Lilli.
Die *Küken* ließen das Seil los. Triefend kroch Lillis Vater aus dem Beutel.
Lilli hob die Taschenlampe auf, die leuchtend im Gras lag.
»Entschuldigung, Herr Holler«, sagte Bob. »Das war ein Versehen.« Und Very machte einen Knicks.
Lillis Vater lachte und schüttelte sich das Wasser aus den langen Haaren. Lilli hatte eine Standpauke erwartet, dass er ihre Freundinnen sofort heimfahren und ihr dann mindestens eine Woche Hausarrest aufbrummen würde. Das war alles schon vorgekommen.
Aber Papa grinste nur. »Ihr drei seid wohl auf Männerfang.«

»Du bist nicht sauer?«, fragte Lilli noch immer argwöhnisch.
»Und ob«, trompetete ihr Vater. Aber seine Stimme klang nicht sauer. Sondern irgendwie glücklich. Lilli leuchtete in sein lachendes Gesicht.
»Ist das Lippenstift?«, fragte Lilli. Das auf seiner Wange war eindeutig ein roter Kussmund!
»Du hattest recht mit der Krawatte.« Lillis Vater zog die Krawatte aus der Jackentasche. Auch sie triefte. »Sie findet sie auch scheußlich.« Er wirbelte die Krawatte durch die Luft. Ein paar Tropfen trafen Lilli.
»Ist das die Plane von meinem Anhänger?« Lillis Vater stapfte über die Plane Richtung Haus. »Ich nehm jetzt eine warme Dusche. Und ihr kuschelt euch in eure Schlafsäcke. Das Chaos hier könnt ihr morgen aufräumen.«
»Dein Dad ist echt voll in Ordnung«, sagte Bob.
»Wie spät ist es?«, fragte Very.
»Eine Minute vor zwölf«, sagte Lilli und wie der Blitz sausten die drei *Wilden Küken* ins Gewächshaus.
»… zehn, elf, zwölf«, zählten sie zu dritt die Schläge der Turmuhr von Sankt Nepomuk.
»Jetzt.« Lilli setzte ihren Schraubenzieher an. Auch Bob und Very schraubten mit ihren Werkzeugen. Lilli, die handwerklich am geschicktesten war, hatte die erste Schraube längst gelöst, als Very und Bob noch mit den ihren kämpften. Sofort knöpfte sich Lilli die vierte und letzte Schraube vor. Gleichzeitig ließen die drei *Wilden Küken* die Schraubenzie-

her sinken. Die schrägen Dachscheiben des Gewächshauses reflektierten das Licht ihrer aufgestellten Taschenlampen. Kurz war es mucksmäuschenstill. Sechs Mädchenhände fassten den Truhendeckel. Lilli spürte an ihrer linken Hand Bobs kleinen Finger und an ihrer rechten den kleinen Finger von Very. Als wären sie untrennbar miteinander verbunden, atmeten sie gleichzeitig ein und hoben den Deckel.
In der Kiste war ein dickes Knäuel Holzwolle.
»Immerhin kein Totenkopf«, sagte Very und zupfte erleichtert ein kleines blechernes Aufziehküken aus der Wolle.
»Herzdame.« Bob holte eine Spielkarte aus der Truhe und legte sie auf den Deckel.
Verwirrt wühlte Lilli in der Holzwolle. »Sonst nichts?«
Very und Bob suchten ebenfalls.
»Doch, eine Münze.« Lilli drehte ein Zweicentstück zwischen den Fingern.
»Hmm«, machten alle drei etwas ratlos.
Very drehte an dem Aufziehschlüssel, der aus dem Rücken des Spielzeugkükens ragte, setzte es neben der Spielkarte auf den Truhendeckel und ließ es los. Das Blechküken hüpfte klappernd im Kreis, als würde es unermüdlich Körner vom Boden aufpicken. Schließlich wurde es immer langsamer und kippte schlussendlich torkelnd vom Deckel. Seine Blechkrallen zuckten noch ein-, zweimal, dann lag es reglos da und wartete darauf, dass das Uhrwerk in seinem Innern erneut aufgezogen wurde.
»Die Karte könnte Glücksspiel bedeuten.« Bob beleuchtete

die Spielkarte mit ihrer Taschenlampe. Die abgebildete Herzdame trug ein weit ausgeschnittenes Kleid und hielt einen Fächer in der Hand.
»Vielleicht ist sie eine Tänzerin«, sagte Lilli. Sie hatte im Fernsehen mal eine spanische Tänzerin mit so einem Fächer gesehen.
»Die Münze könnte für Reichtum stehen«, meinte Bob.
»Zwei Cent?!« Very schüttelte den Kopf. »Wohl eher für Armut.«
Lilli betrachtete die Münze genauer. »Es ist eine griechische. Mit einem Schiff drauf. Einem Segelschiff.«
»Vielleicht sollen wir beim Kartenspiel jede Menge Geld gewinnen und dann eine Schiffsreise nach Griechenland machen«, überlegte Bob. »Oder das Schiff heißt irgendwas mit Piraten?!«
Die ganze Geisterstunde lang rätselten die *Wilden Küken*, was die drei Sachen wohl bedeuten könnten, kamen aber zu keiner zufriedenstellenden Lösung.
Müde und ratlos lagen sie schließlich schweigend in ihren Schlafsäcken. Lilli hörte Bob und Very atmen. Es klang, als würden sie schon schlafen.
Hin und wieder raschelten die Hühner auf der anderen Seite vom Gewächshaus und gurrten abwechselnd im Traum, als wären sie ein schlafender Geflügelchor.
Lilli zog den Reißverschluss von ihrem Schlafsack bis ganz nach oben hin zu. Dann steckte sie ihre kalten Hände unter ihre warmen Achseln und fröstelte ein wenig. Ein angeneh-

mes Frösteln. Nicht so stark, dass sie fror, aber genug, um für die eigene Wärme und den Schlafsack so richtig dankbar zu sein und sich gemütlich einzukuscheln.

»Einmal an Weihnachten, ist schon ewig her«, sagte Very plötzlich. Sie schlief also doch noch nicht. »Da hab ich mir eine kleine Schwester gewünscht. Weil ich immer so allein bin.«

»Bob hat's am besten, die hat eine richtige Familie. Mit allem«, sagte Lilli. Kurz dachte sie, Bob würde schon schlafen, weil sie nichts dazu sagte.

Aber dann raschelte Bobs Schlafsack. »Bei uns ist immer so viel los. Manchmal vergessen sie mich einfach.«

»Sei froh«, sagte Very. »Ich kann keinen Schritt tun, ohne dass meine Eltern ihren Senf dazugeben – und Opa natürlich sowieso.«

»Stimmt schon«, antwortete Bob, »abgesehen von Tante Luisas pädagogischer Folter hab ich's echt gut.«

»Und außerdem hast du bald Geburtstag«, murmelte Very müde.

Lilli lauschte kurz in die Stille und sagte dann leise: »Ich hab neulich die silberne Igelhaarspange von meiner Mama verloren.«

Bob rutschte mit ihrem Schlafsack etwas näher zu Lilli. Und auf der andern Seite rückte Very näher.

»Hey, Oberküken«, sagte Very. »Ich weiß ein gutes Passwort.« Very machte eine kleine Pause. *»Freundinnen!«*

»Freundinnen«, sagten Lilli und Bob wie aus einem Mund.

Am nächsten Morgen wurden sie von einem Hupen geweckt. Very richtete sich auf. »Oje, das ist Opa, der will heute den ganzen Tag mit mir an der blöden Chronik arbeiten.«
Bob riss kurz die Augen auf, nuschelte *»Buon giorno«* und drehte sich auf die andere Seite.
Lilli rappelte sich hoch und lief zum elektrischen Tor. Opa Hinsgen lehnte sich aus dem Fenster seines Geländewagens. »Hallo, Lilli. Verena soll sich bitte beeilen. Wir haben dieses Wochenende viel vor.«
»Sie muss nur noch ihr Zeug zusammenpacken«, sagte Lilli, da hielt auch schon ein zweites Auto. Frau Wilhelms stieg aus dem knallroten Cityflitzer. »Ist Bobbina schon auf?«
Lilli lief zum Gewächshaus und rüttelte an Bobs Schulter. »Deine Tante, Bob.«
»Oh nein!« Bob rieb sich die Augen. »Die will das ganze Wochenende mit mir büffeln.«
Lilli sauste wieder ans Tor. Dort standen Opa Hinsgen und Frau Wilhelms beieinander und lachten.
Frau Wilhelms hielt sich an der Schulter von Opa Hinsgen

fest und balancierte auf einem Fuß. Ihren linken Stöckelschuh hatte sie in der Hand und schüttelte ein Steinchen raus. »Ist dein Vater gar nicht da?«, wandte Frau Wilhelms sich an Lilli, während sie wieder in ihren Schuh schlüpfte.

»Der ist nur schnell zum Bäcker gegangen«, behauptete Lilli.

Opa Hinsgen bückte sich zum Beet seitlich der Einfahrt, pflückte eine Ringelblumenblüte und reichte sie Frau Wilhelms. In diesem Augenblick flackerte eine Idee durch Lillis Kopf.

Wieder lief sie zurück ins Gewächshaus und griff sich die Spielkarte aus der Schatztruhe. Während Lilli nachdenklich die Herzdame mit dem Fächer betrachtete, rollten Bob und Very genervt und übernächtigt ihre Schlafsäcke zusammen.

»Am liebsten würde ich meinen Opa zum Mond schießen.«

»Und Tante Luisa gleich hinterher.«

»Ich weiß jetzt, was die Spielkarte bedeutet!« Lilli klopfte mit dem Fingernagel auf die Herzdame. »Liebe!«

Bob und Very sahen sie verständnislos an. Ein erneutes Hupen drängte zur Eile.

»Wir sehen uns heute Nachmittag bei Bob«, rief Lilli, während Very in den Geländewagen ihres Opas und Bob in das rote Auto ihrer Tante kletterte.

Opa Hinsgen hielt Frau Wilhelms galant die Tür ihres Kleinwagens auf. Mit einem charmanten Lächeln nahm sie hinter dem Steuer Platz, die Ringelblume hatte sie sich an das

Revers ihrer Jacke gesteckt. Opa Hinsgen deutete eine Verbeugung an und stieg dann in seinen eigenen Wagen.
Mit der Herzdamekarte in der Hand winkte Lilli den Davonfahrenden nach.

Very und Bob starrten Lilli an, als wäre sie eine Außerirdische, die hier in der *Gelateria Cantarella* hockte und Pistazieneis schleckte.
»Du willst meinen Opa …«, fing Very an.
»… mit meiner Tante verkuppeln?«, vollendete Bob den Satz.
»Ihr liegt mir doch dauernd damit in den Ohren: ›Mein Opa nervt‹, ›Meine Tante nervt‹.« Lilli lehnte die Spielkarte mit der tief dekolletierten Herzdame gegen den Zuckerstreuer. »Wenn wir die beiden zusammenbringen, seid ihr aus dem Schneider. Dann haben die überhaupt keine Zeit mehr, sich über euch Gedanken zu machen, vor lauter – ihr wisst schon – Liebesglück.«
»Liebesglück?!« Very quetschte das Wort heraus, als würde es ihr Brechreiz verursachen.
»Wie soll das denn gehen?«, fragte Bob. »Ich glaub nicht, dass Tante Luisa der Typ ist für Liebesglück und so.«
In dem Moment brachte Gelatino Very ihren Eisbecher. »Schoklad mit bsonders vui Sahne, *bella*.« Und allen dreien stellte Gelatino eine Schüssel mit Waffelbruch hin.
»Besten Dank, *stupido*«, sagte Very mit einem falschen Lächeln auf den Lippen.

»Zum Glück kann er kaum Italienisch«, flüsterte Bob.

Bobs Oma brachte zwei Behälter mit frischem Eis von hinten aus der Küche, verstaute sie in der Kühltheke und setzte sich dann neben ihre Enkelin. »Deine Nonna wird alt, Bobbina.« Sie fasste sich an den Rücken. »Aber sie macht noch immer das beste Eis der Welt.«

Stimmt, dachte Lilli und ließ sich den letzten Rest Pistazieneis auf der Zunge zergehen.

»Nonna, glaubst du, Tante Luisa könnte sich Hals über Kopf verlieben?«, fragte Bob.

»Bei ihr müsste man nachhelfen.« Die Oma lachte. »Wie ich damals bei deinem Nonno.«

Die *Wilden Küken* spitzten die Ohren, während Bobs Oma erzählte. »Lorenzo war ja so schüchtern, also hab ich ihn zu einem Eis eingeladen. In Neapel. In die *Gelateria* meiner Eltern. Und ich hatte ein ganz besonderes Eis gemacht. Mein bestes. Mit viel *noce moskata*, wie sagt man auf Deutsch, Muskatnuss!«

Die trüben Augen von Bobs Oma wanderten über das bunte Angebot der verschiedenen Eissorten, als könnte sie durch die Scheibe der Kühltheke in eine glückliche Vergangenheit blicken.

Den restlichen Samstagnachmittag verbrachten die drei *Wilden Küken* in Verys Zimmer. Very hatte die Bibliothek ihrer Mutter geplündert und nun hockten die drei zwischen Bücherstapeln und lasen und blätterten und blätterten und

lasen. Ihr Plan stand fest. Sie wollten eine Liebeseiscreme zusammenmischen, der nicht einmal Tante Luisas Lehrerinnenherz würde widerstehen können.
Lilli notierte sich etwas aus dem *Lexikon der spirituellen Medizin* und wedelte anschließend mit ihrem Notizblock. »Ich wusste gar nicht, dass es so viele schweinische Pflanzen gibt. Hört euch das an: Brustwurz! Oder hier: Stechpalme!«
Bob grinste und deutete mit dem Finger auf eine Seite aus *Die Kräuter der Liebe* vor sich. »Und erst Windhöschen.«
Very beugte sich vor. »*Windröschen* steht hier. Nicht Höschen. Kein Wunder, Bob, dass du so schlechte Noten hast.«
Very klappte *Die Seele der Pflanzen* an einer mit Eselsohr markierten Seite auf. »Aber was haltet ihr von Ramselkraut und Bocksdorn?!«
»Und das erst«, Lilli kostete jede Silbe aus, »Pim-per-nell!«
In diesem Moment klopfte es, und noch bevor die Mädchen reagieren konnten, kam Opa Hinsgen herein. »Verena, wir müssen jetzt wirklich langsam anfangen. Die Zeitungsausschnitte für die Firmenchronik ordnen sich nicht von allein.« Er schaute auf die aufgetürmten Bücher. »Ach so, ihr macht Hausaufgaben?«
»Ja«, schwindelte Very. »Ein Referat für Biologie bei Frau Wilhelms.« Very zwinkerte Lilli und Bob zu.
»Charmante Frau.« Opa Hinsgen räusperte sich. »Na ja, wenn es für die Schule ist, muss meine Chronik natürlich warten.«

Kaum hatte Opa Hinsgen die Tür hinter sich geschlossen, sprang Very auf. »Wir machen es. Wir ziehen das durch, und zwar möglichst schnell. Los, kommt, bevor der Bioladen zumacht.«

Es gab weder Brustwurz noch Stechpalme im Bioladen, keinen Bocksdorn und kein Ramselkraut und – Windhöschen schon gar nicht. Also kauften die drei *Wilden Küken* den Rest von ihrer Liste, nämlich Zimt, Anis, Selleriepulver, Muskatnuss und Vanille, und machten sich auf den Weg zur *Gelateria Cantarella.*

Bobs Vater war noch immer auf einer mehrtägigen Fortbildung der Arbeitsagentur. Damit er nicht mit dem Zug fahren musste, hatte ihm seine Schwester ihr Auto geliehen. Bobs Mutter war mit Giulia und dem kleinen Siegi im Schwimmbad. Also hielten nur die Nonna und Gelatino die Stellung in der Eisdiele. Letzterer bekam hinter seiner Verkaufstheke gar nicht mit, dass die *Wilden Küken* in der Küche die Eismaschine anwarfen. Und Bobs Oma stellte keine Fragen, sondern machte es sich in ihrem Sessel neben dem Schrank gemütlich und blätterte in einer italienischen Illustrierten. Lilli, Bob und Very hatten sozusagen sturmfreie Küche.

Milch, Zucker und Eigelb landeten in der Eismaschine und wurden darin gleichzeitig gerührt und gekühlt. Very rieb Muskatnuss dazu, extra viel, Lilli kratzte Vanille aus den Schoten, auch extra viel. Das Selleriepulver roch stark nach

Gemüsebrühe, also nahmen sie davon nur eine halbe Messerspitze. Schließlich verfeinerten sie ihre Kreation noch mit etwas mehr Zimt und einer gehörigen Prise Anis.

»So, jetzt ist alles drin. Hier, für jede ein Löffel zum Probieren«, sagte Bob und teilte die Löffel aus.

»Halt«, rief Lilli gerade noch rechtzeitig. »Nicht, dass es bei uns wirkt.«

»Aber wir müssen doch die Wirkung testen.« Very verzog ihre Lippen.

»Und ob es überhaupt schmeckt.« Bob schnupperte vorsichtig an dem Eis.

»Wir brauchen also ein Versuchskaninchen«, grübelte Very.

Da hörten sie draußen in der Eisdiele eine bekannte Stimme.

»Also, Mister Gelatino, ich nehme eine Erdbeergranate, einen Schokotorpedo und eine Stracciatellabombe.«

»Wir *haben* ein Versuchskaninchen«, verbesserte Bob, tat eine Kugel Liebeseiscreme in ein Pappbecherchen und lief raus in die Eisdiele.

»Eigentlich brauchen wir aber doch zwei Kaninchen«, murmelte Lilli, nahm ebenfalls ein Becherchen, löffelte etwas von dem Eis hinein und rannte ihrer Freundin hinterher.

Little saß schon an einem der Tische vor einem Glas Orangensaft. Mitch hatte gerade seinen gemischten Eisbecher bezahlt und schüttelte den Kopf, als Bob ihm das Eis andrehen wollte.

»Gratis? – Cool.« Ole nahm Bob das Eis aus der Hand und setzte sich zu Little und Mitch.

»Und wer ist das zweite Kaninchen?«, flüsterte Lilli zu Very. Very blickte sich in der Eisdiele um. Der einzige fremde Gast war eine ältere Dame, die gurgelnd an dem Strohhalm in ihrem Eiskaffee sog. »Du.« Very verabreichte Lilli so kurzentschlossen einen Löffel Eis, dass Lilli es schon geschluckt hatte, bevor sie noch protestieren konnte.

»Gar nicht schlecht«, sagte Ole und löffelte genüsslich.

Mit etwas Verzögerung meldeten sich auch Lillis Geschmacksnerven. Die Liebeseiscreme schmeckte ein wenig wie Weihnachten und ein wenig geheimnisvoll.

Was würde jetzt mit ihr passieren? Lilli stand mit dem Pappbecherchen in der Hand da – und wartete.

Very und Bob standen ebenfalls da – und warteten.

»Und?«, fragte Bob ungeduldig.

Lilli zuckte mit den Schultern.

»Spürst du schon was?« Very warf eine Münze in die Musicbox. »Na, hast du vielleicht Lust, mit Ole zu tanzen?«

»Nein«, sträubte sich Lilli.

»Ole, Lilli will mit dir tanzen«, rief Very.

Ole verschluckte sich fast an seinem Eis.

Die Musik dudelte und Ole schaute Lilli mit seinen dunkelblauen Augen fragend an.

Lilli fühlte sich unwohl, alle Blicke waren auf sie gerichtet. Und plötzlich war sie so wütend auf Very, dass sie ihr die Wundereiscreme ins Gesicht schleuderte. Aber Very duckte sich und das Eis traf Ole. Es klatschte auf sein T-Shirt, mitten auf die Brust.

»Spinnst du?«, zischte Very. »Er hätte mit dir getanzt.«

Ole nahm sich eine Papierserviette von der Theke.

»Hätte ich nicht.« Er wischte sich das Eis vom Hemd. »Erstens bin ich nicht blöd. Und zweitens«, er warf Lilli die Serviette vor die Füße, »bist du grottenhässlich!«

Ole winkte Mitch und Little und die drei verließen die Eisdiele.

Gelatino stand mit offenem Mund hinter der Theke. »Da legst di nieda, wos war jetz des?«

Bob hob die Serviette auf, warf sie weg und wischte mit einem Lappen schnell den Boden sauber. Das Lied war noch immer nicht vorbei.

»Es funktioniert nicht.« Lilli zog kurzerhand den Stecker der Musicbox raus.

»Wahrscheinlich zu wenig Muskat«, überlegte Very.

Aber Bob umarmte Lilli ganz einfach und drückte sie fest an sich. »Das hat er doch bloß gesagt, weil er sauer war. Ich finde, du bist die Hübscheste von uns dreien.« Bob schaute mit einem entschuldigenden Schulterzucken zu Very. »Sogar hübscher als Very.«

Da umarmte auch Very Lilli. Und wenn das Eis ein Wunder bewirkt hatte, dann das, dass Lilli jetzt lachte und überhaupt nicht mehr sauer auf Very war.

Wenig später standen sie wieder in der Küche vor der Eismaschine und überlegten, was sie mit all dem wirkungslosen Liebeseis anfangen sollten.

Da tauchte plötzlich Bobs Oma hinter ihnen auf. »Am bes-

ten fügt ihr noch etwas davon hinzu.« Sie hielt ein winziges Döschen in ihrer Hand und lächelte geheimnisvoll.
Überrascht sahen Lilli und ihre Freundinnen die Nonna an, die langsam den Deckel vom Döschen schraubte. Die *Wilden Küken* reckten die Hälse. In dem Döschen befand sich ein Knäuel aus roten Fäden, die wie ein Büschel Locken ineinander geringelt waren.
»*Zafferano*«, sagte die Nonna. »Safran. Ein Faden reicht, um ein Herz zu binden.«
»Dann brauchen wir zwei, für zwei Herzen«, wisperte Very neben Lillis Ohr.
Die Nonna zwinkerte ihnen auffordernd zu. Very nahm einen der winzigen roten Fäden und dann griff auch Lilli vorsichtig in die Dose.
Der Faden auf Lillis flacher Hand war winzig, strömte aber einen intensiven, fremdartigen Duft aus.
Bob hielt die Eismaschine an. »Müssen wir was dazu sagen? Einen Zauberspruch oder so?«
Alle drei blickten zu Nonna, aber die saß längst wieder in die Illustrierte vertieft in ihrem Sessel.
Lilli und Very bliesen die Safranfäden von ihren Handflächen in die cremige Masse und Bob stellte die Maschine wieder an. Sofort bekam das Eis eine wunderschön gelbe Farbe, als würde es leuchten.
Very blickte fragend in die Runde. »Freiwillige?«
Lilli hatte genug davon, das Versuchskaninchen zu spielen. Und Bob presste kopfschüttelnd die Lippen aufeinander.

»Okay«, sagte Very. »Dann ist das jetzt wohl mein Job.« Sie nahm einen Löffel von dem Liebeseis und blinzelte.

In diesem Augenblick kam Gelatino rein. »I hätt scho wieda a Schüssel Waffelbruch für eich! Is wia verhext heit.«

Er stellte eine Schüssel mit zerbrochenen Eiswaffeln auf den Tisch. Lilli erwartete, dass Very jetzt irgendeinen Spruch gegen Gelatino loslassen würde, aber sie griff lächelnd in die Schüssel und aß die Waffelstücke, als hätte sie nie etwas Besseres gekostet.

Gelatino nickte und ging raus. Verys Augen folgten jeder seiner Bewegungen. Sie schluckte, wischte sich die Waffelbrösel vom Mund und hauchte: »Es wirkt.«

Auf dem Heimweg lehnte Lilli ihr Rad ans Geländer der Nepomukbrücke und sah dem Fluss beim Fließen zu. Eigentlich war es egal, ob es an der Eiscreme lag oder ob Very schon immer heimlich in Gelatino verknallt war: So oder so würden sie Opa Hinsgen und Frau Wilhelms das Liebeseis verabreichen – und das war auf alle Fälle ein Abenteuer. Und dieses Abenteuer hatten sie der Spielkarte aus der Holztruhe zu verdanken.

Auch wegen der Sache mit Ole ärgerte sich Lilli nicht mehr. Sie hatte ihn schon immer für einen Blödmann gehalten und jetzt erst recht. Lilli pfiff vor sich hin, als sie weiterradelte. Vielleicht hatte die Truhe wirklich etwas Magisches.

Zu Hause lehnte Lilli ihr Rad an die Papiertonne. Sie hob den Deckel hoch und fischte den Zettel von Ole aus dem

Altpapier. *POBRSBHFSTT VSIHS IA RFSW OA YSZHSBPIQYSZ*. So kompliziert konnte es doch auch nicht sein, die Geheimschrift von so einem Blödmann zu enträtseln, dachte Lilli und steckte den Zettel wieder in ihre Hosentasche.

Die Liebeseiscreme wartete im Gefrierschrank der *Gelateria Cantarella* auf ihren Einsatz. Bob wartete auf das Ende der Nachhilfestunde bei ihrer Tante, und Very wartete schon ungeduldig darauf, dass sie endlich genug Zeitungsausschnitte für Opa Hinsgens Firmenchronik sortiert hätte.
Lilli saß mit Huberta auf dem Schoß im Gewächshaus und wartete darauf, dass die Zeit stehen blieb. Oder war sie schon stehen geblieben?
Huberta starrte unbeweglich vor sich hin, während Lilli sie streichelte. Erst immer gleichmäßig über den Rücken, dann den Hals entlang und sanft über die Hühnerbrust. Hühnerbrust, dachte sie und beschloss, sich nie mehr über Blödmänner zu ärgern, sondern sie einfach zu vergessen.
Huberta drehte ruckartig den Kopf. Zart fuhr Lilli mit der Fingerkuppe über die kleinen Federn oberhalb von Hubertas Auge. Huberta öffnete leicht den Schnabel, fast, als wollte sie etwas sagen, blieb aber still. Hubertas Augen hatten eine ähnliche Farbe wie die Liebeseiscreme, nachdem sie die roten Safranfäden hinzugefügt hatten.
Plötzlich fiel eine Holunderdolde mit lautem Klatsch auf

das Gewächshaus und Huberta flatterte aufgescheucht von Lillis Schoß.

Während Huberta am Gatter entlang nach Würmern scharrte, nahm Lilli das blecherne Aufziehküken aus der Schatzkiste. Sie drehte den Schlüssel, bis die Feder im Räderwerk ganz gespannt war. Damit das Ding nicht gleich loszappelte, musste Lilli die Blechkrallen festhalten. Von den Füßen und dem kleinen Schnabeldreieck einmal abgesehen, hatte das Blechküken die Form eines Eis. Flügel und Augen waren aufgemalt.

Lilli setzte es auf das Brett oberhalb der strohgefüllten Holzkisten mit den Hühnernestern und ließ es frei. Sofort klackerte das Blechküken los. Durch das vom Spielwerk angetriebene Hopsen drehte es sich hektisch um sich selbst. Die wippende Bewegung erweckte den Eindruck, als würde das Küken unsichtbare Körner aufpicken. Immer langsamer wurden seine Bewegungen. Dann machte es noch einen letzten Hüpfer, torkelte und plumpste vom Brett hinunter in Dollis Nest.

Im gleichen Augenblick fiel bei Lilli der Groschen. Das Blechküken lag im Nest wie ein Ei.

Für ein paar Sekunden schien die Zeit jetzt wirklich stehen zu bleiben, aber dann rannte Lilli ins Haus, kramte ihr Handy aus der Schultasche, und diesmal war sie es, die den Kükenalarm auslöste.

»Lilli, was ist los?« Very sprang atemlos vom Rad. Sie trug Hotpants, ein mit Sternchen verziertes Top und ihre Füße steckten in weißen Basketballstiefeln.
»Was sind das denn für Puschel?«, fragte Lilli und deutete auf Verys Fahrradkorb.
»Die nennt man Pompons«, sagte Very und wedelte mit den glitzernden Riesenpuscheln.
Gleichzeitig sauste Bob um die Kurve und bremste so scharf, dass ihr Hinterreifen quietschte. »*Che c'è?* Was ist los?« Bob sprang vom Rad und machte angesichts von Verys Verkleidung noch größere Augen, als sie ohnehin schon hatte.
»Wie siehst du denn aus?«
»Als Ausrede hab ich gesagt, ich müsste zum Training der Cheerleader. Deshalb die Verkleidung.«
Lilli und Bob mussten sich ein Lachen verkneifen. Very sah wirklich zu komisch aus. Wie aus einem amerikanischen Highschool-Film.
»Seit wann bist du denn bei den Cheerleadern?«, fragte Lilli. »Das hast du ja nie erzählt!«
»Unsere Firma ist doch Sponsor der Basketballmannschaft und deshalb bin ich bei den Peewees der Cheerleader vom Sportverein und … Ich dachte, ihr lacht mich aus.«
Sofort verschluckten Lilli und Bob ihr Lachen.
Very schüttelte ihre Pompons. »Das mit dem Training heute war natürlich gelogen.«
»Ich musste auch lügen«, beklagte sich Bob. »Und ich hasse das!«

»Wieso, was hast du denn zu deiner Tante gesagt?«, fragte Very.

Bob rollte das für die Fahrradfahrt hochgekrempelte Hosenbein ihrer Jeans runter. »Dass meine Freundinnen mich ganz dringend brauchen.«

»Aber das ist doch die Wahrheit«, sagte Lilli. »Und wie lautet unser Passwort?«

Da flogen ihr auch schon zwei Puschel ins Gesicht.

Kurz darauf hockten die drei im Gewächshaus und starrten auf das Blechküken im Hühnernest. Dolli lief neugierig auf das Küken zu und setzte sich schließlich darauf.

»Sie will es ausbrüten«, sagte Bob.

»Dolli war noch nie die Hellste.« Lilli zog dem Huhn das Spielzeugküken unter dem Hintern weg.

»Aber dein Plan, der ist wirklich genial.« Very blinzelte anerkennend. »Oberküken.«

»Also hat die Kükensache absoluten Vorrang?«, vergewisserte sich Lilli.

»Und die Sache mit dem Eis?«, fragte Bob.

»Liegt einstweilen auf Eis.«

Very strich sich mit einem ihrer glitzernden Puschel übers Kinn. »Aber …«

»Was aber?«

Very runzelte die Stirn. »Ich mein, die Hühner haben bisher auch kein Küken ausgebrütet, wieso sollte das jetzt plötzlich klappen?«

»Mensch, Very, manchmal bist du wirklich very very!«

Lilli und Bob setzten sich links und rechts von Very auf die Futterkiste.
»Wir brauchen natürlich einen Hahn«, sagte Bob.
»Und das möglichst schnell!« Lilli hob eine Hühnerfeder auf. »Und ich weiß auch schon, wo wir einen finden.«

»Wir fahren ein bisschen mit den Rädern durch die Gegend«, rief Lilli ihrem Vater in der Werkstatt zu.
»Hmm.« Ihr Vater war über die Lehne des Chippendale-Stuhls gebeugt und schnitzte. »Ach, Lilli, bring doch auf dem Rückweg Milch mit und vielleicht Brot und Käse, ja?«
»Mach ich.« Lilli schloss die Werkstatttür und lächelte ihre Freundinnen an. »Ein bisschen rumfahren – nicht wirklich gelogen, oder?«
»Ich komm mir jetzt echt doof vor. Mit den Dingern.« Very warf ihre Pompons in ihren Fahrradkorb.
Lilli deutete auf die mit etwas Stroh ausgepolsterte Pappschachtel, die sich auf ihrem Gepäckträger befand. »Auch nicht schlimmer, als einen Hahn durch die Gegend zu gondeln.«
Nach einer Viertelstunde hatten sie endlich den Stadtrand erreicht und bogen in eine kleine Nebenstraße. Sie kamen an der Stelle vorbei, wo der Feldweg zu dem Wiesengrundstück abzweigte, das Verys Opa gehörte. An der Abzweigung stand ein Schild: *Privatbesitz. Einfahrt verboten!* Vor ein paar Wochen hatten sie an dem kleinen Weiher dort ein Picknick gemacht und anschließend eine Papierschiffchen-

Regatta veranstaltet. Dabei war ein ganzer Schreibblock draufgegangen. Aber jetzt fuhren sie geradeaus weiter zum Gut Feldberg. Es lag ziemlich einsam auf einer Anhöhe und Lilli und Bob mussten das letzte Stück sogar schieben. Very schaltete in einen niedrigen Gang und radelte voraus.

Neben dem Eingang lehnten die *Wilden Küken* die Räder an den Zaun. Erst mal wollten sie die Lage erkunden. Zum Glück war es kein Problem, auf das Gelände zu kommen. Während der Öffnungszeiten des Hofladens stand das Tor offen. Es gab verschiedene Werkstätten, in denen Behinderte mit ihren Betreuern arbeiteten: eine Käserei, eine Kerzenzieherei, aus der es nach heißem Bienenwachs roch, eine Metzgerei und eine Werkstatt, in der Leder zu Gürteln und Taschen verarbeitet wurde.

»Wir müssen hier lang. Das Hühnergehege liegt hinter der Lederwerkstatt«, dirigierte Bob.

»Das gibt's doch nicht! Guckt mal, wer da draußen an der Werkbank arbeitet: Ole, Mitch und Little!« Lilli konnte es nicht fassen.

»Schnell in den Hofladen, bevor sie uns sehen!«, sagte Very und zog die anderen beiden mit sich.

Hier kaufte Lilli auch gleich Milch, Käse und Brot. Die *Wilden Küken* waren froh über den kleinen Auftrag von Lillis Vater, so waren sie bestens getarnt. Durch das Schaufenster vom Hofladen spähten sie hinaus.

»Mist, sie sind immer noch da. So kommen wir nicht unbemerkt zum Hühnergehege«, ärgerte sich Lilli.

»Lasst uns zu den Rädern flitzen, ohne dass sie es sehen«, schlug Very vor, und sie liefen los.
Lilli packte die Lebensmittel in Bobs Fahrradkorb. »Und nun? Wir müssen die Kerle irgendwie ablenken.«
»Lasst mich das machen.« Very nahm ihre Pompons vom Gepäckträger. »Kümmert ihr euch um den Hahn.«
Lilli und Bob warteten hinter einem Busch neben der Lederwerkstatt. Lilli hatte die Schachtel unter dem Arm. Nervös bohrte ihr Finger in einem der Luftlöcher des Kartons herum.
»Kannst du erkennen, was die da machen?«, flüsterte Lilli.
Bob reckte den Kopf. »Sie hämmern auf irgendwelchen Lederstreifen rum oder so was.«
»Wenn wir nur verstehen könnten, was sie reden. Aber das Hämmern ist so laut!«, sagte Lilli.
Und dann stockte den beiden der Atem. Was tat Very da? Mit eleganten Tanzsprüngen näherte sie sich den Jungs. Die erkannten Very und ließen verblüfft ihre Hämmer sinken. Very warf ihre Pompons in die Luft, sprang hoch, wirbelte um sich selbst, fing die Pompons wieder, holte Schwung und schlug vor den aufgerissenen Augen der Jungs einen Salto, um gleich darauf mit ihren weißen Basketballstiefeln wieder am Boden zu landen.
»Voll cool«, murmelte Mitch.
Very schnellte erneut in die Höhe, machte einen schwebenden Spagat und tänzelte, mit den Glitzerpuscheln vor ihrem Po wedelnd, davon.

»Wow«, hauchte Bob neben Lilli.
»Wow«, wiederholte Lilli voller Bewunderung für Very.
Aber da stieß Bob sie auch schon in die Seite. »Los, schnell! Die Jungs laufen Very hinterher.«
Lilli und Bob hatten Glück. Die Tür zum Hühnergehege war nicht abgeschlossen. Und sofort entdeckten sie einen Hahn, der so stolz in der Gegend herumstand, dass Bob ihn mit einem Griff erwischte. Lilli klappte die Schachtel auf und Bob setzte ihn hinein.
»Worauf wartest du?!«, drängte Bob zur Eile, weil Lilli auf halbem Weg mit der Schachtel in der Hand ihren Schritt verlangsamte. Aber sie wollte unbedingt einen Blick auf die Lederbänder erhaschen, an denen die drei Jungs gearbeitet hatten.
»*Avanti*, Lilli, da kommt wer!«, rief Bob.
Zwei Männer in Arbeitsmänteln schleppten eine schwere Nähmaschine aus der Lederwerkstatt, und Lilli machte, dass sie wegkam.
Der Hahn verhielt sich vollkommen ruhig, während Lilli die Schachtel mit Gepäckspinnen auf ihrem Fahrrad festzurrte. Wahrscheinlich ließ er sich die weich gekochte Kartoffel schmecken, die Lilli vorsorglich mit in die Schachtel gepackt hatte.
»Und?«, fragte Bob gespannt. »Was waren das für Lederbänder?«
»Konnte ich leider nicht genau sehen. Da waren irgendwelche Muster eingeprägt«, sagte Lilli. Da raschelte es ne-

ben ihnen im Gebüsch. Schnelle Schritte näherten sich. Erst segelten zwei Glitzerpuschel über den Zaun und dann landete Very neben ihnen im Gras.
»Und die Jungs?«, fragte Lilli besorgt.
»Abgehängt«, stieß Very atemlos hervor und grinste.

Nachdem die *Wilden Küken* den Hahn zu den Hühnern in den Freilauf gesetzt hatten, gluckten die Hühner ganz verschüchtert im hinteren Teil des Gewächshauses.
Der Hahn rührte sich erst nicht, dann lief er plötzlich los und stieß gegen die Gewächshausscheibe.
»Männer«, sagte Lilli.
Der Hahn hielt inne. Sein Kamm klappte mal auf die eine, mal auf die andere Seite.
»Aber er hat schöne Federn«, sagte Bob.
Und die gleichen Augen wie Huberta, dachte Lilli.
Von Neugierde getrieben, kamen die Hühner nach und nach aus dem Gewächshaus und beäugten ihren Gast. Der Hahn schien sich wieder erholt zu haben. Kaum hatte Dolli ihm den Rücken zugekehrt, sprang er auch schon auf sie drauf.
»Sieht nicht grad nach der großen Liebe aus«, seufzte Bob.
»Eher nach Hahnenkampf«, stellte Very fest.
»So ist das bei Vögeln«, erklärte Lilli.
»Und beim ...«, prustete Bob.
Die drei *Wilden Küken* kicherten. Die Hühner gackerten. Und der Hahn krähte. Auch ohne Sonnenaufgang.

Lilli, Bob und Very beschlossen, dem Hahn und den Hühnern bis morgen Zeit zu lassen und Cicero, wie sie den Gockel für eine Nacht getauft hatten, dann wieder zurück nach Gut Feldberg zu bringen.

Am nächsten Morgen wurde Lilli weder vom Klingeln ihres Weckers geweckt noch von ihrem Vater, der an ihre Tür klopfte, sondern vom Krähen eines Hahns. Schlaftrunken rieb sich Lilli die Augen. Natürlich, das war Cicero! Und schon wieder erscholl ein Kikeriki. Laut und vernehmlich, obwohl sie den Hahn samt den Hühnern gestern Abend noch ins Gewächshaus gesperrt hatte.
Lilli deckte den Tisch fürs Frühstück. Aber obwohl der Hahn noch ein paarmal krähte, saß Lillis Vater nur da, pustete müde auf seinen heißen Kaffee – und schien nichts zu bemerken.
Lilli schaute auf die Uhr. So ein Hahn als Wecker war echt nicht schlecht. Heute würde sie bestimmt nicht zu spät zur Schule kommen. Bevor sie losradelte, sah sie noch nach den Huhnern. Alle schienen wohlauf zu sein. Wie ein Wachsoldat marschierte Cicero vor den Hennen auf und ab. Eine seiner schönen Federn lag auf dem Boden. Lilli hob sie auf und verstaute sie in der Federnschachtel.
Wie verstreute Diamanten glitzerten die Tautropfen im Gras und das gleißende Sonnenlicht blendete Lilli. Es versprach ein heißer Tag zu werden.
In der ersten Stunde hatten sie Englisch bei Frau Wilhelms,

welche sich ein ironisch gemeintes Lob über Lillis ausnahmsweise pünktliches Erscheinen nicht verkneifen konnte. Lilli lächelte nur freundlich und dachte darüber nach, wie die *Wilden Küken* der Lehrerin und Verys Opa wohl am besten die Liebeseiscreme verabreichen könnten.
»Fällt dir nichts auf?«, flüsterte Very in ihr linkes Ohr.
»Trotz der Hitze heute«, flüsterte Bob in ihr rechtes Ohr.
Und jetzt fiel es auch Lilli auf. Ole, Little und Mitch hatten langärmelige T-Shirts an.
»Sie tragen die Lederarmbänder«, kombinierte Lilli und von da an konnten sich die *Wilden Küken* noch weniger auf den Unterricht konzentrieren als sonst. So aufmerksam sie auch jede Armbewegung der Jungs verfolgten, nie bekamen sie deren Handgelenke zu sehen.
Auf dem Weg zum Pausenhof begegneten sie Little, der aus der Jungentoilette kam und sich nach dem Händewaschen schnell die Ärmel wieder hinunterschob. Auch diesmal glückte es den drei Freundinnen nicht, einen Blick auf sein Armband zu erhaschen.
»Vielleicht ist das mit den langärmeligen T-Shirts ja auch Zufall und sie tragen gar keine Armbänder«, begann Lilli schon zu zweifeln.
Die drei *Küken* setzten sich ganz am Ende des Pausenhofs auf die Stufen zur Bibliothek, wo sie, wie die Hühner auf den Stangen im Gewächshaus, ihre angestammten Plätze hatten. Es war noch mitten am Vormittag, aber schon brütend heiß. Auf Bobs Nase standen winzige Schweißperlen.

Und Very wedelte wie eine zaubernde Fee mit ihrem nach Lavendel duftenden Taschentuch durch die Luft.
»Wo sind eigentlich Ole und Mitch?«, bemerkte Lilli. Little stand allein zwischen Erik und Finn, die ihn hin und her schubsten. »Und was machen die beiden da mit Little?«
»Erbsenhirn«, hörten sie Erik sagen, während Finn immer wieder »Los, wehr dich!« rief. »Los, wehr dich, Feigling!«
Aber Little wehrte sich nicht. Mit hängenden Armen ließ er sich von den beiden Rowdys herumschubsen.
Lilli konnte nicht einfach sitzen bleiben und das mit ansehen. Sie schob sich durch die Schüler.
»Los, wehr dich, Erbsenhirn!«, rief Finn.
»Gewaltfreie Kommunikation«, hörte Lilli Little sagen.
Sie lief schneller. Little richtete sich gerade wieder auf. »Gewaltfreie Kommunikation kann beim friedlichen Lösen von Konflikten hilfreich sein.«
Finn hielt Little fest, und Erik versuchte, seine Frisur durcheinanderzubringen.
»Was soll der Scheiß?«, rief Lilli. Sie war schon fast bei ihnen.
Erik wandte sich zu ihr herum, neugierig, wer es wohl wagte, ihm in die Quere zu kommen, aber genau in diesem Moment landete eine Wurstsemmel in seinem Gesicht. Eine zweite verfehlte das von Finn.
»Lass ihn los.« Mitch versetzte Finn einen Stoß, dass dieser zurücktorkelte und über seine eigenen Füße stolperte. Aber da wurde Mitch von Erik am Kragen gepackt und schon

hatte sich auch Finn wieder aufgerappelt und hielt Mitchs Ärmel fest.

Lillis Herz klopfte, aber Little stand so tatenlos herum, dass sie nicht sicher war, wie sie am besten helfen konnte. Da drückte ihr Ole drei Limoflaschen in die Hand und sprang Erik auf den Rücken. Eine halbe Minute rangen die vier Jungs, während Little wie versteinert dastand.

Dann kam Frau Schley, die Pausenaufsicht hatte, flankiert von Herrn Buse und Herrn Wiese. Frau Schley war die Lauteste und schnappte sich Erik. Herr Buse packte Finn und Herr Wiese scheuchte Mitch und Ole ins Schulhaus. Little trottete hinterher, zog seinen Kamm aus der Hosentasche und kämmte seine kurzen Haare.

»Seht euch das an.« Niemand hatte es bisher bemerkt. Aber jetzt bückte sich Very und hob ein ledernes Armband auf, das am Boden lag. Lilli hatte immer noch die drei Limoflaschen der Jungs im Arm.

»Was soll das sein?«, fragte Bob. »Ein Krokodil?«

Alle drei *Küken* betrachteten die Einkerbungen auf dem Armband, das einer der Jungs ganz offensichtlich im Kampf verloren haben musste.

»Eine Eidechse vielleicht?«, riet Very.

»Könnte auch ein Salamander sein«, überlegte Lilli.

Es klingelte zur nächsten Stunde und die *Küken* gingen zurück ins Klassenzimmer. Dort gab Lilli den Jungs die Limoflaschen zurück. Oles Augen waren dunkel. Er sagte kein Wort, als Lilli ihm die Flasche reichte.

»Seid ihr jetzt eine Bande?«, fragte Lilli, bekam aber keine Antwort.
»Gib das her!«, verlangte Mitch.
Very gab Mitch das Armband, der es schnell in die Hosentasche schob. Dann grinste er Very an. »Das gestern war echt grottenstark, Miss Cheerleader.« Dabei tat er so, als würde er mit zwei Puscheln herumfuchteln.
Very betrachtete ihn fast mitleidig. »Du hast zwei verschiedene Socken an.« Dann ging sie zu ihrem Platz auf der anderen Seite des Klassenzimmers. Lilli und Bob setzten sich ebenfalls. Lilli war es bisher nicht aufgefallen, aber tatsächlich trug Mitch links eine dunkelrote Socke und rechts eine hellbraune.

Wie verabredet traf Lilli am Nachmittag vor der Eisdiele ein. Auf ihrem Gepäckträger war die Schachtel mit Cicero befestigt. Aber anders als geplant kamen Bob und Very nicht raus zu ihr, um gemeinsam mit Lilli zum Gut Feldberg zu fahren, sondern Bob klebte allein hinter der Scheibe und gab Lilli Zeichen, reinzukommen. Kurz zögerte Lilli, ob sie die Schachtel auf dem Rad lassen sollte, nahm Cicero dann aber aus Angst, dass er gestohlen werden könnte, lieber mit.
»Guck mal, Tante Luisa und Verys Opa trinken zusammen einen Espresso. *Perfetto!*« Sehr aufgeregt und nicht ganz unauffällig deutete Bob auf den Tisch ganz außen am Fenster.

»Haben sie das Eis schon gegessen?«, fragte Lilli etwas verwirrt.
Bob schüttelte den Kopf.
»Und wo ist Very?«
»In der Küche, damit ihr Opa sie nicht sieht.«
Frau Wilhelms erkannte Lilli und lächelte ihr über die Schulter von Opa Hinsgen hinweg zu.
Lilli grüßte zurück und folgte Bob Richtung Küche. »Wie habt ihr die beiden an einen Tisch gekriegt?«
»Von allein.« Bob öffnete die Küchentür. »Papa sucht doch noch immer Arbeit, und Tante Luisa hatte die Idee, einfach Herrn Hinsgen zu fragen.«
Bobs Oma döste im Sessel und Very stand mit Gelatino am Küchentisch. »Du musst nur dafür sorgen, dass beide davon essen!« Very gab ihm den Behälter mit der Liebeseiscreme.
Lilli stellte die Schachtel mit Cicero neben die Tür auf den Boden und wandte sich an Bob. »Aber will dein Vater wirklich wieder in der Küchenfirma arbeiten? Das ist doch schon mal schiefgegangen.«
»Opa hat einen Freund im Golfclub«, erklärte Very, »und der sucht einen Elektroinstallateur.«
»Und des Eis macht oan echt verliabt?«, wollte Gelatino wissen.
Very klimperte übertrieben mit ihren langen blonden Wimpern. »Das hab ich dir doch jetzt schon dreimal erklärt.«
»Hat's a an Nam'?«, fragte Gelatino. »I muass doch wissen, wia's hoaßt, wenn i's verkaufa soll!«

Lilli, Bob und Very zuckten gleichzeitig mit den Schultern. »Wie wär's mit Amoretto?«, sagte die Nonna und gähnte. Gelatino nickte und nahm den Eisbehälter mit nach draußen.

Mit angehaltenem Atem beobachteten die *Küken* durch den Türspalt, wie Gelatino zwei Eisbecher mit dem frisch getauften Amoretto-Eis füllte, sie mit Papierschirmchen dekorierte und schließlich Frau Wilhelms und Opa Hinsgen servierte. Sie konnten nicht verstehen, was Gelatino sagte, aber sowohl Frau Wilhelms als auch Opa Hinsgen aßen von dem Eis. Opa Hinsgen steckte sein Papierschirmchen in sein Knopfloch, wie Frau Wilhelms neulich die Ringelblume. Bobs Tante lachte und dabei berührte ihre Hand die von Verys Opa. Dann wedelte sie mit ihrem Papierschirmchen vor ihrem Gesicht herum, als wäre das Schirmchen ein Fächer. Ein Fächer, wie ihn die Herzdame auf der Spielkarte hatte. Es funktioniert tatsächlich, dachte Lilli. Doch plötzlich krähte Cicero in der Schachtel. Den Hahn hatte Lilli ganz vergessen. Da legte sich die Hand von Bobs Oma auf Lillis Schulter. »Was auch immer du da in der Schachtel hast: Es hat nichts in einer Eisdiele verloren, Kindchen.« Lilli nickte.

Die *Wilden Küken* beschlossen, sich aufzuteilen. Very durfte nicht von ihrem Opa gesehen werden. Also müsste entweder Bob oder Lilli den Hahn zurückbringen, während die andere gemeinsam mit Very weiterhin die Affäre Amoretto verfolgen würde.

Bob und Lilli warfen eine Euromünze. Lilli erwischte den Adler und musste sich wohl oder übel um das Federvieh kümmern.

Cicero zurückzubringen war noch einfacher, als ihn zu entführen. Lilli lief mit der Schachtel am Hofladen von Gut Feldberg vorbei. Niemand beachtete sie. Sie stellte sich mit der Schachtel an den Zaun vom Hühnergehege und sah sich um. Schnell öffnete Lilli die Schachtel, hob sie über den Zaun und hielt sie schräg. Flatternd landete Cicero, wo er hingehörte.

Lilli schaute ihm nach, als er auf seine angestammte Hühnerschar zumarschierte, da klingelte das Handy in ihrer Tasche. Es war ihr Vater, der sich erkundigte, wo sie war und wann sie heimkommen würde.

»Ich komm erst nach dem Abendessen. Bob, Very und ich wollen ins Kino, wenn ich darf.«

Ihr Vater erlaubte es sofort und wollte nur wissen, welchen Film sie sich ansehen würden.

»*The Flying Cheerleaders*«, erfand Lilli und legte auf.

Sie hasste es, ihren Vater anzulügen.

Von ihrem schlechten Gewissen getrieben, ging sie noch schnell in den Hofladen, um die gerösteten Sonnenblumenkerne zu kaufen, die ihr Vater so gerne aß. Während sie danach suchte, bemerkte sie Oles Mutter, die sich mit der Verkäuferin unterhielt. Oles Mutter arbeitete auf Gut Feldberg als Sozialtherapeutin. Bei ihr würde Frieda auch das

Praktikum machen. Und Huberta, Emma, Isolde, Dolli, Kokoschka und Klara würden dann hier untergebracht werden. Unwillkürlich musste Lilli schmunzeln. Immerhin kannten die Hühner jetzt schon den Hahn und würden sich nicht vollkommen fremd fühlen.
Endlich hatte Lilli gefunden, was sie suchte.
»Um Linus mach ich mir keine Sorgen«, hörte sie Oles Mutter sagen. »Das Emotionale und Soziale ist für ihn nicht so wichtig.«
»Ja, er ruht in sich«, sagte die Verkäuferin.
Lilli lugte zwischen zwei großen Tüten mit getrockneten Apfelscheiben hindurch.
Oles Mutter nickte. »Aber Ole ...« Sie hatte genauso dunkelblaue Augen wie er. »Ole fehlt sein Vater ... Viel mehr als Linus. Ole tut immer so, aber ich glaube, er hat die Trennung bis heute nicht verkraftet.« Dann verabschiedete sich Oles Mutter und ging.
Lilli kam aus ihrem Versteck hervor und ging zur Kasse.

Gelatino reichte Lilli eine Waffel mit einer großen Kugel Pistazieneis durchs Verkaufsfenster, während Very und Bob abwechselnd auf Lilli einredeten.
»Das Eis war ein voller Erfolg«, sagte Very.
»Woher wollt ihr das wissen?«, fragte Lilli dazwischen.
»Wenn Tante Luisa mit Verys Opa erst mal zusammen ist ...« Bob strahlte schon jetzt vor lauter Vorfreude. »Dann geht er mit ihr golfen und ins Konzert!«

»Vielleicht suchen sie sich sogar eine gemeinsame Wohnung«, sagte Very.
»Woran erkennt ihr denn, dass es wirklich geklappt hat?«, hakte Lilli nach.
»Nie mehr Nachhilfe!« Bob schloss träumend ihre Augen.
»Sie steht doch so auf Ordnung«, sagte Very, »da kann sie Opa gleich bei der Chronik helfen.«
»Beweise«, forderte Lilli.
Bob und Very grinsten. »Sie haben noch Eis nachbestellt.«
»Und zwar Amoretto«, sagte Bob. »Alle beide!«
»Und dann«, Very machte eine Kunstpause, »ist sie mit Opa mitgefahren. In seinem Geländewagen.«
Lilli hatte ihr Eis aufgegessen und verabschiedete sich zufrieden von ihren Freundinnen.
»Wir sind eine coole Bande«, sagte Bob.
»Das sind wir«, sagte Very.
»Und bald haben wir sogar echte Küken«, rief Lilli noch, als sie schon um die Ecke radelte.

Die Abendsonne verwandelte den Fluss in flüssiges Gold. Auf der Nepomukbrücke ließ Lilli kurz den Lenker los. In ihren Gedanken war ihr Fahrrad jetzt ein Surfbrett und Lilli die Anführerin einer Gang von Surferinnen, die es mit jeder Welle aufnahmen.
Ja, sie, Bob und Very waren eine richtig coole Bande. Und Lilli hatte nicht mehr die geringste Lust, sauer auf Ole zu sein. Irgendwie hatten Ole und sie ja auch etwas gemeinsam.

Zu Hause angekommen, ging Lilli als Erstes in die Werkstatt, um nach ihrem Vater zu sehen. Aber da war er nicht. Mit den gerösteten Sonnenblumenkernen in der Hand rannte sie durchs Wohnzimmer. Da stand der fertige Chippendale-Stuhl. Er sah wirklich toll aus, wie eine echte Antiquität. Nur die Sitzfläche war noch nicht gepolstert, aber wie zur Probe war ein Stück Bezugsstoff darübergebreitet. Ein einzelner Stöckelschuh lag neben dem Stuhl. Seltsam. Lilli rannte die Treppe hoch.

»Papa ...?«

Sie drückte die Klinke vom Schlafzimmer ihres Vaters hinunter und erstarrte.

»Lilli?« Ihr Vater fuhr hoch und schaute sie entgeistert an. »Ich dachte, du bist im Kino.«

Der zweite Stöckelschuh lag unter dem Bett. Und im Bett neben ihrem Vater zog sich Frau Wilhelms die Decke bis ans Kinn.

Eine Welle brach über Lillis Kopf zusammen. Der Ozean rauschte in ihren Ohren. Frau Wilhelms sagte etwas, der Mund ihres Vaters bewegte sich, aber Lilli hörte nichts. Nur das Tosen der Welle. Sie holte Luft, um nicht zu ersticken, und schleuderte die Sonnenblumenkerne gegen die Wand über dem Bett. Ein Regen aus Körnern prasselte auf ihren Vater und Frau Wilhelms nieder. Lilli rannte die Treppe hinunter, aus dem Haus und über die Wiese zum Gewächshaus.

Dort hockte sie sich zwischen die Hühner und weinte.

Lilli stellte sich auf die Schatztruhe und lugte aus dem gekippten Dachfenster des Gewächshauses. Durch die Zweige des Holunderbaums erkannte sie ein Taxischild. Autotüren schlugen zu und das Taxi fuhr ab.

Dolli saß in ihrem Nest und machte ein Gesicht, als würde sie brüten. Hühner hatten es gut, die mussten nicht dauernd nachdenken. Auch wenn sie manchmal so aussahen. Lilli schob ihre Hand unter Dollis Gefieder. Tatsächlich, Dolli hockte auf einem Ei! Und im Stroh von Kokoschkas Kiste lag ebenfalls eins, aber Kokoschka lief draußen im Freilauf herum, als würde ihr Ei sie nicht das Geringste angehen. Lilli schob Kokoschkas Ei Dolli unters Gefieder. Dolli ruckelte ein wenig ärgerlich hin und her, blieb aber dann brav auf beiden Eiern sitzen.

»Luisa ist jetzt gefahren.« Lillis Vater bückte sich unter der für ihn viel zu niedrigen Gewächshaustür durch.

Lilli sagte nichts. Ihr Vater verzog die Nase und runzelte die Stirn. Eine Weile betrachteten sie schweigend die Hühner. Huberta pickte am Schuh von Lillis Vater herum. Wahrscheinlich hielt sie seinen Schnürsenkel für einen Wurm.

»Das mit Luisa und mir …« Lillis Vater machte eine Pause. »Du magst sie doch eigentlich auch, so ein bisschen zumindest, oder?«
»Klar.« Lilli verzog die Lippen zu einem Lächeln. Das gelang ihr so gut, als wäre sie eine Schauspielerin. »Du musst mir nichts erklären, Papa. Ich bin doch schon groß.«
Lilli stand auf und wuschelte ihrem Vater durch seine wirren Haare. »Hey, Paps …« Paps hatte Lilli noch nie zu ihm gesagt. Sie hörte sich an wie die Mädchen in Fernsehserien. Und jetzt lachte sie ihm sogar fröhlich ins Gesicht. »Du hast dich verknallt und für mich ist das okay!«
»Okay? Wirklich?« Ihr Vater wischte sich über die Augen, als wären seine Wimpern wieder mal voller Sägemehl.
Lilli nickte. »Ja, wirklich.«
Ihr Vater umarmte sie erleichtert.
Lilli lächelte weiter, aber gleichzeitig fühlte sie sich so einsam wie noch nie.

Als ihr Vater sie am nächsten Morgen weckte, zog Lilli sich einfach die Decke über den Kopf, damit er ihr nicht ins Gesicht sehen konnte. »Ich bin so müde. Ich kann heute nicht in die Schule gehen.«
Mit klopfendem Herzen lag sie unter der Bettdecke und wartete darauf, dass es endlich acht Uhr werden würde.
Und es wurde acht, sogar fünf nach acht. Die Schule hatte also inzwischen angefangen, ohne dass ihr Vater Lilli auch nur ein einziges Mal gedrängt hätte, aufzustehen.

Bob, Very und all die anderen hockten jetzt im Klassenzimmer und quälten sich in einer Doppelstunde Englisch bei Frau Wilhelms. Lilli krabbelte unter ihrer Decke hervor. Die doofe Nuss hatte jetzt also Unterricht und konnte nicht gleichzeitig hier sein. Lilli lief barfuß die Treppe runter.

Der Chippendale-Stuhl stand noch immer im Wohnzimmer, wie ein Mahnmal. Lilli machte einen weiten Bogen um den Stuhl. Sie hasste diesen Thomas Chippendale. Warum musste der vor Hunderten von Jahren so tolle Möbel entwerfen, dass sich noch heute irgendwelche Englischlehrerinnen solche Stühle schreinern ließen?

Lillis Vater machte in der Werkstatt einen Höllenlärm mit dem Schwingschleifer. Lilli hockte sich in ihrem Schlafanzug in die Kiste mit den Hobelspänen, setzte Ohrenschützer auf und schaute ihrem Vater zu, wie er eine Tischplatte abschliff. Es sah aus, als würde er bügeln, war aber viel lauter und staubiger.

Zum Mittagessen gab es Nudelauflauf. Lillis Vater hatte eine so große Portion gemacht, dass Lilli zwischen jedem Bissen argwöhnisch zur Tür sah. Aber die Wilhelms ließ sich zum Glück nicht blicken.

Beim gemeinsamen Abwasch polierte ihr Vater so lange mit dem Geschirrtuch die immer gleiche Schüssel, dass Lilli ihn schließlich doch fragte. »Ist irgendwas?«

Lillis Vater stellte die auf Hochglanz polierte Schüssel in den Schrank und hielt eine ziemlich lange Rede. Darüber, dass er sich in Luisa verliebt hätte und dass er sich nichts sehnlicher

wünschen würde, als dass Lilli Luisa auch ein bisschen gernhaben könnte.
Lilli drückte das Wasser aus dem Spülschwamm.
»Trotzdem bist und bleibst du für mich das Wichtigste.« Ihr Vater fasste Lilli an den Schultern. »Und ich kann nur glücklich sein, wenn du es auch bist und …«
»Und?«, fragte Lilli.
»Und ist es okay, wenn Luisa heute Abend zu Besuch kommt?«
»Klar.« Lilli warf den Schwamm in die Spüle und lief raus in den Garten.
Auf der Weihnachtsinsel in ihrer Hängematte liegend, stellte sich Lilli verschiedene Unfälle im Chemieunterricht vor: zischende Säure, Verpuffung, Stichflammen, Knallgas – und fliegende Stöckelschuhe.
»He, wer macht denn hier blau?«
Lilli schlug die Augen auf. Very und Bob setzten sich zu Lilli in die Hängematte. Zu dritt schaukelten sie hin und her.
»Ich weiß, was los ist. Tante Luisa hat mir alles erzählt.« Bob hatte die kürzesten Beine von den dreien und ihre Füße baumelten über dem Boden.
»Der Amoretto-Plan ist voll danebengegangen. Das Eis war ein echter Flop«, sagte Very. »Oder hat dein Vater auch davon gegessen?«
Lilli gab Very eine Kopfnuss.
Bob sprang aus der Hängematte. »Papa ist gestern von seiner Fortbildung zurückgekommen.« Bob machte eine Pause,

als würde sie nachdenken, wie sie Lilli das Folgende am schonendsten beibringen könnte. »Tante Luisa hat ihn gebeten, mit der Renovierung des Arbeitszimmers zu warten.«
»Wieso das denn auf einmal?«, fragte Very.
Bob schaute mitfühlend zu Lilli. »Weil sie vielleicht bald woanders wohnt!«
In Lillis Gedanken explodierte eine ganze Reihe von Reagenzgläsern.

Im Schatten der Birken fädelte Lilli ihre Hühnergötter auf eine neue Schnur. Eine von den Steinketten war abgerissen und musste erneuert werden. Bob und Very hatten sich längst auf den Heimweg gemacht, und Lilli war fast ein bisschen froh, mal allein zu sein. Sie hielt sich den letzten Stein vors Auge. Durch das Loch sah sie Birkenblätter, Wolken, den Holunderbaum, der seine Äste über das Gewächshaus streckte. Alles Dinge, die es wirklich gab. Sie sah ihre Hängematte und ihre Zehen, aber sie sah kein Wunder.
Lilli knotete den Stein an die Schnur, machte eine Schlaufe und hängte die Kette wieder an den Birkenast.
Ihr Vater kam aus der Werkstatt und öffnete das elektrische Tor. Frau Wilhelms parkte ihren roten Kleinwagen in der Einfahrt. Zur Begrüßung küssten sie sich und hielten sich ziemlich lange an der Hand.
Als Frau Wilhelms Lilli entdeckte, setzte sie sich zu ihr in den Schatten und redete mit ihr. Es waren so ähnliche Sachen, wie ihr Vater schon zu ihr gesagt hatte. Lilli lächelte

und war erleichtert, dass Frau Wilhelms nicht danach fragte, wieso sie heute nicht in der Schule gewesen war.
Beim Abendessen erzählte Frau Wilhelms, dass sie sich einige Wohnungen in der Innenstadt angesehen hätte. »Die eine mit dem kleinen Balkon hat mir am besten gefallen.« Sie biss von ihrem Wurstbrot ab. »Ich glaub, die nehm ich.«
Lilli blickte sie erstaunt an.
»Ist was, Lilli?«, fragte Frau Wilhelms.
Lilli schüttelte den Kopf und war heilfroh, dass sie sich umsonst Sorgen gemacht hatte. Noch besser als in der Innenstadt wäre allerdings hinterm Mond, dachte sie und aß weiter.
Später guckten sie noch eine DVD, die Frau Wilhelms mitgebracht hatte. Es war ein Trickfilm für Kinder. Für Kleinkinder! Und dann unterhielten sich Lillis Vater und Frau Wilhelms ewig über Chippendale-Möbel, als wäre es irgendein Geheimcode für Verliebte.
»Ich seh noch kurz nach den Hühnern.« Lilli verzog sich ins Gewächshaus. Dolli flatterte auf die Hühnerstange, setzte sich aber dann brav wieder auf ihr Nest, in dem noch immer die zwei Eier lagen. Huberta hockte inzwischen ebenfalls auf einem Ei. Klara und Kokoschka hatten keins gelegt. In Emmas Nest lag ein Ei, aber Emma kümmerte sich nicht darum. Isolde hingegen brütete eindeutig. Lilli tastete vorsichtig und fühlte das Ei unter Isoldes Bauch. Insgesamt waren es also fünf Eier. Lilli schob das verwaiste Ei von Emma unter Isolde und ging dann zurück ins Haus.

Die beiden Verliebten hielten inzwischen Rotweingläser in der Hand. Lilli ging schnurstracks die Treppe rauf.

»Wir können morgen zusammen mit meinem Auto zur Schule fahren«, rief Frau Wilhelms Lilli hinterher. »Dann kommen wir garantiert rechtzeitig.«

Lilli verkroch sich in ihr Bett. Die Sternlampe über ihrer Burgmauer leuchtete und Lilli wünschte sich so heftig wie noch nie ein Bandenquartier. Ein Bandenquartier, das so weit weg von allem war wie nur möglich.

Lillis Hand suchte nach dem Wecker, bis er aufhörte zu klingeln. Eine Sekunde lang hoffte sie, sie hätte das mit Frau Wilhelms und ihrem Vater nur geträumt. Aber aus der Küche ertönte Musik und nicht, wie sonst immer, der Nachrichtenkanal. Lilli roch Kaffee und hörte die Stimme von Frau Wilhelms. »Stefan, ich kann den Zucker nicht finden.«

Oben links über der Spüle, dachte Lilli.

»Oben links über der Spüle«, rief die Stimme ihres Vaters aus dem Flur. Wahrscheinlich hatte er gerade die Zeitung aus dem Briefkasten geholt.

Lilli stapfte mit müden Beinen zur Treppe.

»Spiegel oder Rühr, Luisa?«, rief ihr Vater aus der Küche.

Lilli fiel fast die Treppe runter, riss die Küchentür auf und schrie: »Nein, nicht!«

Zu spät! Soeben landete ein Ei in der Pfanne.

»Langsam gewöhn ich mich an deine Hühner«, sagte ihr Vater.

Lilli starrte auf die Eierschalen in seiner Hand. Im heißen Fett brutzelten drei Spiegeleier.

»Für jeden eins.« Ihr Vater wischte sich einen Rest Eiweiß von den Fingern.

»Einen wunderschönen guten Morgen, Lilli«, flötete Frau Wilhelms.

»Ihr Kükenmörder!« Lilli stieß vor Wut den Chippendale-Stuhl neben der Tür um.

»Lilli?!« Ihr Vater starrte sie fragend an.

Frau Wilhelms verstand schneller, was Sache war, vielleicht, weil sie auch Biologie unterrichtete. »Du hast eine clevere Tochter, Stefan«, sagte sie und wandte sich dann an Lilli. »Möglicherweise wären daraus tatsächlich Küken geworden.« Sie nahm den Pfannenwender und zerteilte die drei Spiegeleier.

»Ich geh unter die Dusche«, schwindelte Lilli und rannte nach oben. In Wahrheit zog sie sich in Windeseile an und packte ihre Schulsachen. Mit Frau Wilhelms würde sie garantiert nicht fahren.

»Du hast eine clevere Tochter, Stefan«, äffte Lilli die Stimme von Frau Wilhelms nach, als sie ihren Schulrucksack auf ihr Fahrrad packte. Auf dem Fensterblech des Werkstattfensters lag ein kleiner Schraubenzieher. Sein durchsichtiger Plastikgriff leuchtete wie ein Rubin in der Morgensonne.

Werden wir ja sehen, wer heute rechtzeitig zum Unterricht kommt und wer nicht. Lilli nahm den Schraubenzieher und

bückte sich runter zum linken Vorderrad von Frau Wilhelms Auto. Sie schraubte die Ventilkappe ab und drückte mit dem Schraubenzieher den Ventilstift rein. Nach Reifengummi stinkende Luft zischte ihr entgegen.
Als zwei Autoreifen ganz platt waren, schwang Lilli sich auf ihr Rad.

Sie war schon die halbe Strecke des Schulwegs geradelt, da hörte Lilli hinter sich ein Fahrrad klappern. Lilli glaubte ihren Augen nicht zu trauen. Mit hochgerafftem Rock und wehenden Haaren kam Frau Wilhelms hinter ihr auf dem Fahrrad von Lillis Vater angestrampelt.
Lilli beschleunigte. Sie gab ihr Bestes, aber Frau Wilhelms holte auf und zog schließlich mit einem breiten Grinsen an ihrer Schülerin vorbei. Frau Wilhelms trat barfuß in die Pedale und legte sich in die Kurve. Ihre Stöckelschuhe klemmten auf dem Gepäckträger. Als sie Richtung Nepomukbrücke abbog, sackte Frau Wilhelms' Hinterrad in ein Schlagloch. Ein Schuh plumpste runter und blieb im Rinnstein liegen, ohne dass die Wilhelms es bemerkte.
Lilli hielt an und nahm den Schuh mit. Ob Schuhe wohl schwimmen, fragte sie sich und blickte zum Brückengeländer.

An der Schule angekommen, entdeckte Lilli Frau Wilhelms neben einigen Kollegen am Schuleingang. Frau Schley bog sich vor Lachen. Etwas unsicher stand Frau Wilhelms auf nur einem Schuh zwischen den Kollegen. Die Lehrer gingen ins Schulgebäude und Frau Wilhelms folgte ihnen unglücklich humpelnd.

Lilli lief an ihr vorbei die Treppe hinauf und ließ wortlos den zweiten Schuh von Frau Wilhelms fallen.

»Danke, Lilli.« Frau Wilhelms sagte das so erleichtert, dass Lilli es fast nicht mehr bereute, den Stöckelschuh nicht in den Fluss geworfen zu haben.

Die nächsten Tage und Wochen behielt Lilli als »das große Brüten« in Erinnerung. Nach der Spiegelei-Aktion waren nur noch zwei Eier übrig. Allerdings legten dann Emma und Klara noch jede eines und Dolli ein weiteres. Am Ende lag auch noch eins in Kokoschkas Nest. Ob aus diesen sieben Eiern jemals Küken werden würden, stand in den Sternen.

Als Frieda und Willi mit zwei Handwagen und vier riesigen Kartons ankamen, um die Hühner abzuholen, war es ein tränenreicher Abschied.

Lilli, Bob und Very umarmten jedes Huhn. Bob heulte hemmungslos. Very liefen stumme Tränen über die Wangen. Lilli war stolz, die Tapferste zu sein, aber als sie Huberta zum letzten Mal im Arm hielt und sie dann in den Karton auf Willis Handwagen setzte, weinte auch sie.

Aus lauter schlechtem Gewissen, wohl nicht allein wegen der Spiegeleier, hatte Lillis Vater für die sieben übrig gebliebenen Eier einen Brutkasten geschreinert. Bobs Vater, der ja Elektriker war, hatte Wärmelampen eingebaut und ein Thermometer. Und von Frau Wilhelms hatte Lilli auch noch Bücher über Hühnerzucht bekommen.

Ohne Huberta, Emma, Isolde, Dolli, Kokoschka und Klara herrschte im Gewächshaus Stille. Kein Scharren mehr, kein Gackern, kein Flügelschlagen. Nichts. Nur brütende Hitze im Gewächshaus und unter den Brutlampen erst recht. Die Passwörter der nächsten Tage lauteten *Dotter*, *Eizahn* und *Hoffnung*.
Immer wieder befeuchtete Lilli die sieben Eier. Immer wieder lauschte sie daran und hielt sie gegen das Licht.

In der darauffolgenden Woche kam Bobs Oma. Die kannte sich mit Küken aus. Lillis Vater hatte seine Arbeitsleuchte aus der Werkstatt ins Gewächshaus gebracht. Jetzt stülpte er einen Holzkasten darüber, in dessen Mitte er ein Loch gebohrt hatte.
Es war schon spätabends nach Sonnenuntergang und der Lichtstrahl aus dem Loch brach sich oben am Gewächshausdach in allen Regenbogenfarben.
Vorsichtig nahm die Nonna ein Ei aus dem Brutkasten und legte es zum Durchleuchten auf das Loch.
Lilli, Bob und Very hielten die Luft an. Es sah aus, als würde das Ei glühen. Die Nonna schüttelte den Kopf und legte das Ei beiseite. Lilli reichte ihr das nächste.
Diesmal brauchte die Nonna länger. Es herrschte eine fast andächtige Stille. In dem durchleuchteten Ei erkannte man Adern und verschiedenfarbige Schatten. Lilli musste an Bilder aus dem Universum denken. An Galaxien und Sternennebel.

Am Ende hatte die Nonna bei vier von den sieben Eiern den Kopf geschüttelt.
Es war ein Samstag und die *Wilden Küken* übernachteten im Gewächshaus. Die Erwachsenen lagen längst in ihren Betten, Frau Wilhelms zum Glück in ihrem eigenen. Sie war mit der Nonna nach Hause gefahren.
Drei Eier dämmerten im roten Licht der Wärmelampen vor sich hin. Nichts rührte sich. Nur die *Wilden Küken* flüsterten und flüsterten. Sie konnten ewig nicht einschlafen und dachten sich die halbe Nacht lang Kükennamen aus, aber irgendwann fielen ihnen dann doch die Augen zu.

Am nächsten Morgen standen sie zu dritt vor dem Brutkasten und jede hatte einen Stift in der Hand.
»Wartet noch«, bat Very. Sie strich sich eine Strähne hinters Ohr. »Ich bin mir noch nicht sicher.«
Lilli und Bob warteten.
»Jetzt.« Very nickte.
Jede nahm ein Ei und schrieb den Namen, den sie sich ausgedacht hatte, auf die Eierschale.
BIBI malte Lilli Buchstabe für Buchstabe auf die Schale.
BUSSI stand auf dem von Bob und Very schrieb *BIRDIE* auf das Ei in ihrer Hand.

Frau Wilhelms blieb erst jeden dritten Tag über Nacht, dann jeden zweiten und seit vorgestern war sie jede Nacht da. Sogar ihr zweiter Chippendale-Stuhl wohnte jetzt hier. Der von Lillis Vater geschreinerte war inzwischen fertig bezogen, und beide Stühle, der alte und der neue, standen nebeneinander im Wohnzimmer. Lilli war ziemlich oft die Schauspielerin, die nach außen immer das gleiche Lächeln lächelte, egal wie sie sich innen drin fühlte.

Bob und Very schauten fast jeden Nachmittag bei Lilli vorbei. Und dreimal waren sie inzwischen auch schon zusammen zum Gut Feldberg geradelt, um dort Huberta, Emma, Isolde, Dolli, Kokoschka und Klara zu besuchen. Natürlich auch Frieda, aber die hatte wegen ihres Praktikums meistens keine Zeit. Sie war entweder mit Oles Mutter in den Gesprächsgruppen und schrieb Protokolle oder machte Botengänge, am liebsten aber arbeitete Frieda gemeinsam mit den behinderten Menschen in den Werkstätten.

Auf Gut Feldberg hatte Lilli ständig das mulmige Gefühl, Ole könnte plötzlich irgendwo auftauchen, was er aber nie tat. Und zu Hause ging es Lilli mit Frau Wilhelms ebenso – mit dem Unterschied, dass die tatsächlich hinter jeder Ecke zu lauern schien.

Lilli und ihr Vater redeten nicht über Frau Wilhelms, zumindest nichts, was über die Essensplanung hinausging.

Jetzt war sie zum Glück nicht da. Lilli half ihrem Vater, die Küchentür von der Werkstatt in die Küche zu tragen. Endlich hatte Lillis Vater die kaputte Tür repariert. »Ich hab so oft über das Ding geschimpft«, sagte er und hängte die Tür wieder in ihre frisch geölten Angeln. »Ich hätte das längst anpacken sollen!« Er gab der Tür einen kleinen Schubs.

Ohne auch nur im Geringsten zu quietschen oder zu knarren, schwebte sie zu und fiel mit einem leisen Knacken ins Schloss.
Lillis Vater pfiff neuerdings nicht nur in seiner Werkstatt, sondern auch beim Staubsaugen oder Bügeln. Und am Samstag radelte er mit Lilli sogar ins Schwimmbad. Nur sie und er. Ohne Frau Wilhelms. Wahrscheinlich kann sie nicht schwimmen, dachte Lilli. Aber als sie hinter ihrem Vater die große Wasserrutsche hinuntersauste, fiel ihr ein, dass Frau Wilhelms an der Schule die Schwimmmannschaft trainierte.
Lilli spielte Toter Mann. Mit den Ohren unter Wasser war all der Lärm weit weg. Lilli Orbit schwebte durchs Weltall. Immer weiter entfernte sie sich von der Raumstation.
»Hey, du Traumfängerchen!« Ihr Vater spritzte sie nass. »Vergiss nicht zu schwimmen, sonst gehst du unter!«
Vorgestern hatte Frau Wilhelms Lilli das Du angeboten. »Sag doch Luisa zu mir.«
Da hatte sie sich allerdings geschnitten. Lilli sagte weiterhin in fast übertrieben höflichem Tonfall »Frau Wilhelms«. Wie in der Schule: »Guten Tag, Frau Wilhelms!«, »Guten Appetit, Frau Wilhelms!«, »Guten Morgen, Frau Wilhelms!«.
Kaum waren sie vom Schwimmbad zurück, da tuckerte auch schon das kleine rote Auto in die Einfahrt.
Lilli schaffte es gerade noch rechtzeitig ins Gewächshaus, um Frau Wilhelms nicht in die Arme zu laufen.
Die Eier schimmerten im roten Licht der Wärmelampen. Je länger sie Birdie, Bussi und Bibi beim Rumliegen zuschaute,

desto öfter glaubte Lilli, Bibis Ei hätte sich bewegt, Birdie hätte gewackelt oder Bussi geraschelt. Aber immer, wenn sie dann ganz konzentriert wartete, dass sich im Brutkasten etwas tat, rührte sich nichts mehr.
Lilli nahm die alte Pralinenschachtel mit den gesammelten Federn vom Brett. Mit Wehmut erinnerte sie sich an die Hühner und sehnte sich danach, Huberta im Arm zu halten. Mit einem Huhn auf dem Arm war alles Schlimme nur halb so schlimm. Man war nicht so schlimm wütend und man war nicht so schlimm allein. Und alles Gute war mit einem Huhn auf dem Arm noch besser. Und lustiger! Und es war viel leichter, die Anführerin einer *Wilde-Küken*-Bande zu sein. Lilli ordnete die Hühnerfedern in der Schachtel wie einen Fächer an, obenauf die prächtige Hahnenfeder von Cicero, und räumte die Schachtel an ihren Platz zurück.
Sanft berührte sie noch schnell die drei Eier und verschloss dann sorgsam die Tür. Wie jeden Tag vorm Einschlafen würde sie auch nachher aus ihrem Fenster schauen, im Gewächshaus den roten Schimmer der Wärmelampen sehen und wissen, dass Bibi, Birdie und Bussi es warm hatten in ihrem Nest.

Es war ein kühler Tag, der Himmel war bedeckt, und nur selten schaffte es der Wind, eine Lücke in die Wolkendecke zu pusten. Lilli, Bob und Very standen vor dem Brutkasten und wagten kaum zu atmen. Ein Küken war bereits geschlüpft: Birdie. Es lag auf Verys Hand unter der Wärmelampe. Birdie hatte einen winzigen Schnabel und große Augen und ihr Federflaum hatte die Farbe von Verys blonden Wimpern. Die anderen zwei Eier hatten beide einen Knacks in der Schale. Bussis Schnabel bearbeitete die Eierschale von innen. Bob half von außen nach. Die Schale ging auf, und Bob rollten Freudentränen über die Wangen, als sie das kleine Wesen in der Hand hielt, das so lustig mit dem Kopf wackelte. Nur Bibis Ei bewegte sich nicht. Die Schale hatte schon einen Knacks. Vielleicht brauchte auch Bibi Hilfe. Mit den Fingernägeln vergrößerte Lilli ganz vorsichtig den Spalt in der Schale. Das Ei brach in zwei Hälften und vor Lilli lag ein totes Küken.

Niemand sprach. Nur Birdie und Bussi fiepten zaghaft.

Lilli grub ein Loch unter den Birken. Bob hielt Bibi so lange in der hohlen Hand und Very drückte die alte Pralinenschachtel mit den Hühnerfedern an sich. Lilli grub und grub. Wütend und traurig zugleich stieß sie den Spaten in die Erde.Immer wieder. Schließlich traf sie auf eine dicke Wurzel, rutschte vom Griff ab und der Spatenstiel prallte ihr gegen die Rippen.

»Es ist tief genug«, sagte Very leise und nahm Lilli den Spaten ab.

Lilli hielt ihre Hände auf und Bob legte das Küken hinein. Obwohl sie geschlossen waren, konnten man Bibis Augen hinter den dünnen Lidern wie durch einen Schleier erahnen.

Lilli streichelte das tote Küken. Es war weniger weit entwickelt als seine Geschwister. Der Schnabel sah brüchiger aus und die Flügel hatten eine komische Form.
Lilli kniete sich vor das Grab. Bob und Very kauerten sich neben sie. Very öffnete die Schachtel mit den Hühnerfedern. Die Fächerform, in der Lilli die Federn angeordnet hatte, war ein wenig verrutscht, aber noch zu erkennen.
Very und Bob breiteten die Hälfte der Hühnerfedern in das Erdloch. Lilli legte die tote Bibi darauf. Mit den restlichen Federn deckten sie das Küken zu. Auf Federn gebettet, dachte Lilli.
»Willst du noch was sagen?«, fragte Very.
Lilli schüttelte den Kopf.
Da begann Bob leise zu singen. »*Ninna nanna coccolo della mamma. Ninna nanna coccolo del papa.*«
Und das klang so schön, dass sie sogar vergaßen zu weinen.
Sie schoben die Erde über Bibi und steckten Ciceros prächtige Hahnenfeder auf den kleinen Grabhügel.
Dann sahen sie nach Birdie und Bussi. Sie lagen ganz ruhig unter den Wärmelampen im Stroh und schliefen. Man sah deutlich, dass beide atmeten.
Lilli, Bob und Very schlichen sich hinaus und setzten sich in die Hängematte. Eine Weile schaukelten sie schweigend hin und her. Hinter ihnen raschelte es in den Tannenbäumen.
Bob hatte den Arm um Lilli gelegt und Very hielt mit ihren langen Beinen die Hängematte in Schwung.

»Was war das für ein Lied?«, fragte Lilli.

»Singt meine Oma immer.« Bobs Hand lag noch immer auf Lillis Schulter. »Es bedeutet ungefähr: Schlaf ein, Mamas Liebling, schlaf ein, Papas Liebling.«

In diesem Augenblick krachte es hinter ihnen in den Tannenbäumen. Und gleich darauf ertönte ein dumpfer Plumps und dann ein »Autsch«.

Die *Wilden Küken* sprangen aus der Hängematte. Ganz am Ende der Weihnachtsinsel lag Little im Moos. Während er sich aufrappelte, landete sein Bruder neben ihm. »Hast du dir wehgetan?«

Ole schüttelte den Kopf. »Ich hab mich nur erschrocken.«

»Die spionieren uns nach«, flüsterte Bob, nachdem sich die *Küken* von ihrem eigenen Schreck erholt hatten.

»Was habt ihr hier zu suchen?«, zischte Lilli und steuerte auf Ole zu.

»Was habt ihr denn da vorhin eingegraben?«, fragte Ole. »Liebesbriefe oder sonst irgendwelchen Mädchenkram?«

Hätte Bob Lilli nicht festgehalten, wäre sie ihm an die Gurgel gesprungen.

»Sie sind nur zu zweit«, murmelte Very. »Wir sind in der Überzahl!«

Aber da ertönte ein Kampfschrei über ihnen und Mitch hechtete aus dem Baum. Wie die Typen aus Actionfilmen hatte er sich das Gesicht geschwärzt. »Pfoten hoch!« Er richtete eine unsichtbare Maschinenpistole auf sie. »Los, ich will sie in der Luft sehen, die kleinen Patschehändchen!«

Lilli fiel auf, dass Mitch sein T-Shirt linksherum trug, mit den Nähten nach außen. An seinem Armgelenk prangte, genau wie bei Ole und Little, das Lederband. »Zurück oder ich mach ein Sieb aus euch, ihr verfluchten Bestien!«
Jetzt bereute Lilli es, im letzten Schuljahr nicht bei der Taekwondo-AG mitgemacht zu haben. In Gedanken flog sie in Zeitlupe mit ausgestrecktem Bein auf Ole zu. Aber weder sie tat irgendetwas noch die anderen.
Bis Very schließlich einen Schritt nach vorne machte. Seine eingebildete Waffe auf sie richtend, wich Mitch zurück.
Verys helle Augen sprühten Funken auf ihn. »Dauernd spielst du dich auf, als wärst du irgend so ein Held aus deinen bescheuerten Filmen.«
Mitch warf einen Hilfe suchenden Blick zu Ole, aber der stand nur schweigend neben seinem Bruder.
»Mitch, der Superman, Mitch, der Sternenkrieger, Mitch, der Coolste aller Coolen!«, schmetterte ihm Very an den Kopf.
Mitch schluckte.
»Aber in Wahrheit«, Very holte kurz Luft, »in Wahrheit bist du das armseligste Würstchen, das ich kenne.«
Eine endlos lange Sekunde herrschte absolute Stille, bis von der Werkstatt her ein lautes Krachen zu hören war. Lilli blickte sich um. Ihrem Vater war ein Brett runtergefallen, das er jetzt aufhob und zum Holzschuppen trug.
Die Jungs nutzten die willkommene Ablenkung und türmten. Lilli sah gerade noch, wie Ole, Little und Mitch über den Zaun kletterten.

Gestern hatte es den ganzen Tag wie aus Eimern geschüttet und die *Wilden Küken* hatten ihr Bandentreffen ausfallen lassen. Aber heute brannte die Sonne vom Himmel und im Gewächshaus herrschten tropische Temperaturen.

»Wie peinlich.« Very drückte sich die Nase an der Scheibe platt. »Zum Glück führen sich Hartmut und Ilona nicht so auf.«

Lilli warf eine Handvoll Teeblätter in die Kanne und schaute nach draußen. »Sie ist nicht meine Mutter!«

Im Bikini schmiegte sich Frau Wilhelms an Lillis Vater, küsste ihn und zog gleichzeitig an der Schnur der Gießkannendusche. Aus der an einem Balken vom Holzlager aufgehängten Gießkanne ergoss sich ein Schwall Wasser über die beiden. Die Arbeitsklamotten von Lillis Vater wurden klatschnass. Wasser triefte von seinen Haaren, aber anstatt sauer zu werden, hob er die Wilhelms hoch und küsste sie.

Bob goss den Tee mit heißem Wasser aus dem Wasserkessel auf. »Bah, ist es heiß hier drin.«

»Vielleicht wächst und gedeihst du ja noch ein bisschen«, flachste Very.

»Es kann ja nicht jeder so eine Bohnenstange sein wie du!«, entgegnete Bob.
»Was man von deiner Tante auch nicht behaupten kann.« Very deutete nach draußen. »Aber sie macht eine richtig gute Figur im Bikini!«
»Seit sie dauernd hier rumhängt«, seufzte Lilli, »fühlt man sich hier drin wie eingesperrt.«
»Immerhin besser als Nachhilfe.« Bob starrte jetzt auch durch die Scheibe.
»Vielleicht sollten wir unser Bandentreffen in Zukunft bei mir abhalten?«, überlegte Very laut.
»Und Bussi und Birdie?«, fragte Lilli. »Deine Mutter ist doch auf alles allergisch, was lebt.«
»Außer auf Fische«, sagte Very. »Die isst sie sogar manchmal, obwohl es keine Pflanzen sind.«
Trotz der Hitze im Gewächshaus zog Lilli jetzt Handschuhe an. Aber lieber schwitzen als die Brennnesseln für das Kükenfutter mit bloßen Händen schnippeln.
Very, Bob und Lilli mischten einen Brei aus klein gehackten Brennnesseln, Löwenzahn und gekochtem Reis. Very streute einige Unkrautsamen darüber und Lilli träufelte noch ein paar Tropfen Dschungelfeuertee hinein. »Damit es richtig wilde Küken werden.«
»Und draufspucken nicht vergessen, hat meine Nonna gesagt«, erinnerte Bob.
»Ihhh«, machte Very. Aber dann spuckte sie doch gleichzeitig mit Bob und Lilli auf den Brei.

Die drei *Wilden Küken* schauten den zwei echten Küken beim Fressen zu und schmiedeten dabei Rachepläne gegen Ole, Little und Mitch.

»Wir könnten ihnen Stinkbomben unter die Fahrradsättel klemmen oder …« Lilli hörte schlagartig zu reden auf, weil plötzlich Frau Wilhelms in der Tür des Gewächshauses auftauchte. Sie hatte ein Handtuch um die Hüften gewickelt und die Haare mit einer breiten Haarklammer hochgesteckt.

»Hier, Kükenstarter – zum Aufpäppeln. Man kann es vom ersten Tag an füttern. Ist auch ein bisschen Medizin drin und Vitamine, damit Bussi und Birdie gesund bleiben.« Sie hielt Lilli lächelnd eine große Dose hin.

Lilli nervte es, wie die Wilhelms »Birdie« aussprach, perfekt Englisch natürlich. Und wie sie »Bussi« sagte, hasste Lilli erst recht. Aber da brodelte noch etwas anderes in ihr. Sie ärgerte sich über sich selbst. Die Haarklammer der Wilhelms erinnerte sie daran, dass sie die silberne Haarspange ihrer Mutter verloren hatte. Wenn sie die Augen zumachte, konnte Lilli den silbernen Igel und das schmale Scharnier der Klammer vor sich sehen.

Frau Wilhelms stellte die Futterdose auf den Tisch. »Ich hab natürlich vorher Nonna Paola gefragt, welches ich kaufen soll.«

»Danke, Tante Luisa.« Bob grinste und fügte mit einem frechen Unterton hinzu: *»Thank you very much!«*

Kaum war die Wilhelms wieder draußen, blickten die ande-

ren beiden *Wilden Küken* Lilli gespannt an und fragten gleichzeitig: »Wo waren wir stehen geblieben?«
Lilli holte den Zettel mit der Geheimschrift aus ihrer Hosentasche.
Very tippte mit ihrem langen Zeigefinger auf den Zettel. »Wir haben schon Stunden damit vergeudet und die Geheimschrift nicht entschlüsselt.«
»Ich glaub, die Küken schwitzen schon.« Bob schaltete die Wärmelampen ab. Dann öffnete sie die Dose mit Kükenfutter und streute Birdie und Bussi etwas von dem grob geschroteten Mehl auf den Brei. »Da kriegt man selbst richtig Hunger, wenn man den Küken so beim Futtern zusieht.«
Very guckte in die Vorratskiste unter dem Tisch. »Chips oder Cornflakes?«
»Sie spionieren uns aus und sie tragen neuerdings Armbänder. Also sind sie eine Bande!«, behauptete Lilli und strich den Zettel glatt.
Very stellte Chips und Cornflakes auf den Tisch. »Du meinst, das ist eine Bandennachricht?«
»Vielleicht hilft uns die Schatztruhe weiter.« Very klappte den Deckel der Truhe auf und holte die Herzdamekarte, das Blechküken und die griechische Zweicentmünze raus.
Bob stellte das Blechküken auf den Brutkasten. »*Das* hat uns schon geholfen.«
»Und von *der* hab ich die Schnauze voll.« Lilli pfefferte die Herzdame zurück in die Holztruhe.
Very ließ die griechische Zweicentmünze auf dem Tisch

kreiseln. »Vielleicht ist ja auf der Münze ein Hinweis, wie wir die Geheimschrift entziffern können. Was ist das denn für ein Schiff, das dadrauf ist?«
Bob riss die Chipstüte auf. »Das hab ich schon im Internet nachgeguckt. So ein Schiff nennt man Korvette. Es ist ein Symbol für die griechische Seefahrernation.«
Lilli hörte nicht mehr richtig zu, was Bob und Very redeten. Ihr Blick klebte an der Rückseite der Cornflakespackung. Oben stand ein Werbetext. Aber in der Mitte las Lilli *Deine eigene Geheimschrift!* und ihr Herz gab Morsezeichen vor Aufregung. »Das ist es. Schnell, die Schere.«
Auf die Papppackung waren zwei unterschiedlich große kreisrunde Scheiben gedruckt. Den Rand beider Scheiben zierten die Buchstaben des Alphabets: von A bis Z. Lilli schnitt sie in null Komma nichts aus. Jetzt musste man nur noch ein Loch in die Mitte machen. Lilli nahm eine der Schrauben, die sie neulich aus dem Truhendeckel geschraubt hatten, und stach sie durch beide Scheiben. Drehte man jetzt die Abc-Scheiben, dann konnte man immer einen Buchstaben der großen Scheibe einem der kleinen zuordnen. »Das ist eine total einfache Geheimschrift«, jubilierte Lilli.
»Wäre ja ein Zufall, wenn sie auch so eine Scheibe hätten«, entgegnete Very und steckte sich Chips in den Mund.
»Das geht auch ohne Scheibe, nur so ist es bequemer.« Lilli drehte aufgeregt die alphabetischen Kreise gegeneinander und legte den Zettel mit der Geheimbotschaft daneben. »Die Frage ist nur: Welcher Buchstabe ist der Schlüssel?«

»X«, schlug Bob vor.

»Y«, hielt Very dagegen.

Lilli überprüfte es, aber weder mit X noch mit Y ergab die Botschaft einen Sinn.

Mit Bleistift und Notizblock verzogen sich die drei auf die Weihnachtsinsel in den Schatten der Bäume. Eine Stunde lang drehten und drehten sie die Abc-Scheiben und notierten sich die unsinnigsten Buchstabenkombinationen. Immer, wenn sie sich nicht einigen konnten, welchen Buchstaben sie als Nächstes ausprobieren sollten, warfen sie die griechische Münze.

»Schiff oder Zahl?«, fragte Very.

Bob beugte sich aus der Hängematte und betrachtete die ins Moos gefallene Münze. »Zahl, also dein K wie Knallkopf.«

Very fischte mit ihren langen Fingern nach der Münze. »Okay. Aber als Nächstes probieren wir dann mein B wie Blödmann.«

Und genau in diesem Augenblick machte es klick in Lillis Gehirn. »Ich hab's!« Sie nahm Very die Münze weg und steckte sie in die Hosentasche. »Es ist O wie Ole!«

Bob drehte das innere O auf das äußere A. Very diktierte die Buchstaben der Geheimbotschaft, Bob las den dazugehörigen Buchstaben laut von der Abc-Scheibe und Lilli schrieb mit. »Volltreffer«, murmelte Lilli und las dann, was auf ihrem Notizblock stand. »BANDENTREFF HEUTE UM DREI AM KELTENBUCKEL.«

»Heute um drei, das gilt nicht mehr«, sagte Bob enttäuscht,

»die Botschaft ist ja uralt. Und was bedeutet überhaupt ›Keltenbuckel‹?«

»Ich weiß, wo das ist.« Very sprang aus der Hängematte. »Kommt!«

Lilli, Bob und Very gaben den Küken noch frisches Wasser, verschlossen die Gewächshaustür und brachen dann auf.

»Wir radeln nur zum Gut Feldberg, Papa, die Hühner besuchen«, schwindelte Lilli.

»Schon wieder?! Die Hühner scheinen euch ja wirklich ans Herz gewachsen zu sein.« Lillis Vater war wieder allein und arbeitete in der Werkstatt. Dass Lilli ihren Vater anschwindelte, war ihr jetzt egal. Er hatte ihr ja auch nichts von Frau Wilhelms erzählt.

Es tat richtig gut, unterwegs zu sein. Der Fahrtwind brachte ein bisschen Kühlung und vor ihnen lag ein Abenteuer. Dank der Entschlüsselung der Geheimnachricht war jetzt sonnenklar, dass Ole, Mitch und Little eine Bande waren. Die Armbänder waren ihr Bandenzeichen. Und dank Very wussten sie, wo die Bandentreffen der Jungs stattfanden. Keltenbuckel hörte sich echt gut an. Lilli wurde richtig neidisch. Was war dagegen schon ein altes Gewächshaus im eigenen Garten?

Sie radelten Richtung Gut Feldberg, aber bogen dann in die Straße ab, die zu Opa Hinsgens Weiherwiese führte.

»Hey, da ist ja noch ein Papierschiffchen von unserer Regatta damals.« Bob zeigte mit dem Finger auf den Schilfgürtel

neben der großen Weide. Tatsächlich hing an einem Schilfhalm wie aufgespießt ein vergilbtes Papierschiffchen.
Jenseits des kleinen Weihers erstreckte sich ein hügeliges Waldgebiet, das nicht mehr zu Opa Hinsgens Besitz gehörte. Am Holzsteg und dem alten Weidenbaum vorbei schoben die *Küken* mit ihren Fahrrädern um den kleinen Weiher herum, dann das letzte Stück Weiherwiese bergauf bis an den Zaun, der das Grundstück einfasste. Hier ketteten sie die Räder an einen Zaunpfosten und marschierten zu Fuß weiter. Grillen zirpten und die Sonne brannte auf sie herab.
»Da drüben.« Very deutete auf die bewaldeten Hügel, die vor ihnen lagen. »Das ist der Keltenwald.«

Lilli und Bob folgten Very die Wiese hinauf, dann einen mit Ziegelschotter aufgeschütteten Feldweg entlang und schließlich auf einem Trampelpfad hinein in den Wald. Nach der flirrenden Hitze umgab sie jetzt kühler Schatten und das nervöse Zirpen der Grillen wich einem leisen Rauschen. Very ging voran über einen Hügel, dann an einer Müllhalde vorbei, auf der sich ein kaputter Sessel, leere Getränkekästen, das verrostete Gestell eines Sonnenschirms, verbeulte Kochtöpfe und kaputte Elektrogeräte übereinandertürmten, als hätte irgendein Riese ein ganzes Wohnhaus geschüttelt und hier ausgeleert.
»Kommt weiter, hier stinkt's!« Very rümpfte ihre spitze Nase und lief den Abhang hinunter bis an einen Bach. »Der Schlangenbach.«

»Gibt's hier etwa Schlangen?« Bobs Stimme überschlug sich.

»Nur Kobras!« Lilli ließ ihre Arme bedrohlich vor Bobs Gesicht herumschlängeln. »Und Mambas, Boas und Anakondas, du Angsthas'!«

Bob hob abwehrend die Hände. »Und wieso heißt er dann Schlangenbach?«

»Weil er sich schlängelt!« Lilli lachte.

Der Bach hatte sich tief und breit in den Waldboden eingegraben. Wenn die Küken auf die andere Seite wollten, mussten sie springen.

»Schaffen wir das?« Lilli taxierte die Entfernung des gegenüberliegenden Ufers an einer etwas schmaleren Stelle.

»Locker!« Very hatte leicht reden mit ihren langen Beinen.

Lilli nahm Anlauf und sprang. Obwohl sie die Landung in den Knien abgefedert hatte, kippte sie vornüber. Während sie sich den Waldboden von den Händen wischte, setzte Very elegant neben ihr auf.

»Ich pack das nicht.« Bob schaute auf ihre Beine. »Zu kurz!«

Lilli und Very redeten ihr zu, aber Bob schüttelte den Kopf.

»Geht ohne mich weiter. Ich warte hier.«

Lilli musste daran denken, dass Bob ihnen neulich gesagt hatte, ihre Familie würde sie manchmal einfach vergessen.

»Das macht mir nichts aus, hier sitzen zu bleiben, ehrlich. Ihr habt ja gesagt, hier gibt's keine Schlangen!« Bob hockte sich auf eine dicke Baumwurzel und lächelte tapfer.

»Keine alleine, alle oder keine!«, rief Lilli und sprang. Sie landete sicher und lief zügig den Abhang hoch. An der Müllhalde griff sie sich zwei der leeren Getränkekästen.
Wieder am Bach, warf sie einen davon ins Wasser.
Lilli hielt Bob an einer Hand fest und Bob trat auf den Getränkekasten. Es funktionierte. Lilli reichte Bob den zweiten Getränkekasten. Bob setzte ihn vor sich ins Wasser, stieg hinüber, bückte sich nach dem ersten Kasten und stellte ihn vor sich in den Bach.
»Genial!« Begeistert nahm Very Bob auf der anderen Seite in Empfang.
Die *Wilden Küken* wanderten weiter bergauf, erste Steinbrocken lagen zwischen den Bäumen und schließlich standen sie vor einem riesigen Felsen, der über und über bemoost war.
»Der Keltenbuckel«, sagte Very.
Lilli berührte den Stein. Das Moos fühlte sich an wie ein dichter Pelz.
»Hey, Lilli!« Bob zog Lilli aufgeregt am Ärmel. »Da unten, das muss es sein.«

Die *Wilden Küken* pirschten sich den Hügel runter und dann die Senke hindurch zu einer Palisade aus Ästen, Zweigen und schlanken Baumstämmen.
Lilli hob vorsichtig eine Tarndecke hoch und gab Bob und Very ein Zeichen, dass die Luft rein war. Die *Wilden Küken* zwängten sich zwischen zwei glatt geschnitzten Baumstämmen durch den Zaun und befanden sich auf einem kleinen halbrunden Platz, an dessen Ende es fast senkrecht bergauf ging. An diese Steilwand schmiegte sich eine aus Brettern gezimmerte Hütte. An der Hüttenwand lehnte eine Rolle Hasendraht. Very untersuchte die Plastiktüte daneben. »Das ist doch Gipsgewebe. Daraus haben wir letztes Jahr in Werken die Masken gebastelt.«
Lilli zeigte auf den Eingang der Hütte. »Darf ich bitten.«
Die *Wilden Küken* schlüpften durch die Türöffnung, vor der ebenfalls eine Tarndecke hing. Der Geruch von Moos und Cola empfing sie. Sie konnten kaum etwas erkennen. Licht fiel in Streifen durch die Ritzen der Bretterwand. Lilli umrundete einen kleinen Klapptisch, dabei stieß sie mit dem Fuß gegen eine leere Coladose. Die felsige Rückwand bil-

dete eine Art Höhle, nicht tiefer als Lillis Kleiderschrank und etwa doppelt so breit. Eigentlich handelte es sich mehr um eine Einbuchtung als eine richtige Höhle. Längsseits stand ein Feldbett mit ein paar Decken darauf. Eingerollte Isomatten lagen in der Ecke. Ein kleines Radio war an der Hüttenwand festgebunden und daneben befand sich ein ganzes Arsenal von Wasserpistolen.

»Das ist also ihr Bandenquartier!« Lilli platzte fast vor Neid. »Sie sind eine richtige Bande. Eine richtig coole Bande. Sogar mit Bandenbuch.« Sie klappte das Buch auf, das auf einem Schemel lag. Nur mit Mühe konnte Lilli im Halbdunkel das Wort entziffern, das in verzierten Lettern auf der ersten Seite stand: *OLM*.

»Hier hängt eine Taschenlampe.« Bob schaltete sie ein und schrie auf. Eine grünschwarze Schlange fiel von der Decke herunter direkt auf ihre Schulter. Very schrie ebenfalls. Lilli rutschte das Buch aus der Hand. Panisch schleuderte Bob die Schlange von sich, sodass sie Very gegen die Brust flog. Kreischend sprang Very nach hinten und stolperte über den Schemel. Bob war auf den Tisch geklettert, der gefährlich unter ihr wackelte.

Die Schlange lag direkt vor Lillis Füßen. Weder Lilli noch die Schlange bewegten sich. Aber im kreiselnden Lichtkegel der Taschenlampe entdeckte Lilli auf dem Leib der Schlange ein Preisschild. Innerlich kichernd, stieß Lilli ihre Hand nach unten und packte die Schlange hinterm Kopf. Bob kreischte. Very drückte sich in die hinterste Ecke der Höhle.

Lilli schlenkerte die Gummischlange hin und her, sodass sie wirklich lebendig aussah. »Passt auf, ihr Angsthasen!« Lilli peitschte mit der Gummischlange auf das Feldbett. Eine Staubwolke wirbelte hoch.

Plötzlich hielt Lilli inne. Sie hörte von draußen bekannte Stimmen. »Pscht, das sind Ole und seine Bande!« Lilli knipste das Licht aus.

Für eine Flucht war es zu spät, wenn sie den Jungs nicht direkt in die Arme laufen wollten. In der Aufregung versperrten sie sich gegenseitig den Weg, wussten nicht, ob nach links oder rechts, vor oder zurück, und stießen mit den Köpfen zusammen. Aber als Ole, Little und Mitch den Palisadenplatz überquert hatten und die Höhle betraten, steckten alle drei *Küken* unter dem Feldbett und hielten die Luft an. Lillis Kopf lag auf Bobs Bauch und Verys Knie drückte in Lillis Achsel.

Ein Rucksack landete direkt neben dem Feldbett auf dem Boden. Staub kitzelte Lilli in der Nase. Jetzt bloß nicht niesen, dachte sie. Jetzt bloß nicht niesen.

Mitch erzählte von irgendeiner Roboterarmee, die nur ein Ziel kannte. »Die ganze Menschheit plattmachen!«

Die *Wilden Küken* sahen nebeneinander drei Paar Schuhe und dann ließen sich die Jungs gleichzeitig auf das Bett fallen. Die Mädchen quietschten vor Schmerz.

Wie von der Tarantel gestochen sprangen die Jungs in die Höhe und wussten im ersten Schreck gar nicht, wie ihnen geschah.

»Los!«, schrie Lilli und schnellte hoch. Das Feldbett kippte gegen die Felswand.
Ole erwischte Lilli am Arm. »Wie habt ihr uns gefunden?«
»Angriffff!«, plärrte Mitch.
Lilli trat Ole ans Schienbein und riss sich los, während Very Mitch gegen Little schubste, der nach Halt suchend Ole mit sich zu Boden riss. Bob warf das Deckenknäuel auf sie und die drei *Küken* ergriffen die Flucht.
»Vorsätzliches Eindringen gegen den Willen des Berechtigten, das nennt man Hausfriedensbruch«, hörte Lilli Littles Stimme noch, als sie hinter Bob und Very durch das Loch in den Palisaden schlüpfte.
Die *Küken* hatten einen Vorsprung, aber Ole, Little und Mitch waren ihnen auf den Fersen.
Ole, Little, Mitch, dachte Lilli und ihre Gedanken rasten genauso wie ihre Beine. Die Anfangsbuchstaben ergaben das Wort Olm, und die Tiere auf den ledernen Armbändern der Jungs, das waren Olme!
»Schneller, *Grottenolme*!«, grölte Mitch und der Abstand wurde immer kleiner. »Wir rupfen die *Küken*!«
Lilli beschleunigte mit letzter Kraft. Klar, ihr Bandenquartier war eine Höhle, eine Art Grotte, also nannten sie sich *Grottenolme*. Lilli sprang über einen Ast, jeder Atemzug stach ihr jetzt in die Lunge.
»Wo sind die Getränkekästen?«, keuchte Bob neben ihr.
Die *Küken* rannten auf den Bach zu. Auch Lilli konnte die Getränkekästen nirgends entdecken. Hinter ihnen befanden

sich die *Grottenolme*, vor ihnen der Bach. Sie würden Bob auf keinen Fall zurücklassen, also mussten sie sich auf einen Kampf mit den Jungs einstellen. Lilli verlangsamte ihre Geschwindigkeit. Auch Very bremste ab. Nur Bob nicht. Die wetzte immer schneller – und sprang. Mit knapper Not erreichte sie das gegenüberliegende Ufer und trat einen kleinen Erdrutsch los. Klumpen platschten in den Bach, aber Bob hatte es geschafft!

»Verdaaaammt!« Mitch griff ins Leere und verlor das Gleichgewicht.

Lilli und Very hoben gleichzeitig ab und landeten neben Bob.

Mitch landete im Bach.

Die drei *Küken* hörten ihn eine Weile fluchen, und als Lilli sich oben am Hügel noch mal umdrehte, sah sie gerade noch, wie Ole und Little den triefenden Mitch aus dem Wasser zerrten.

Zufrieden radelte Lilli ihren Freundinnen hinterher. Sie hatten die *Grottenolme* abgehängt und kannten jetzt deren Bandenquartier. Das war ein echter Erfolg.

»Müssten wir nicht längst da sein?« Bob hielt vor einer Straßengabelung an.

Very kräuselte ihre spitze Nase. »Sieht aus, als hätten wir die Seitenstraße verpasst.«

»*Very good* Abkürzung, Very.« Bob hob ironisch den Daumen.

»Und nun?« Lilli schaute sich um. »Nach links oder rechts?« Auf den beiden Wegweisern standen nur Ortsnamen, mit denen die *Wilden Küken* nichts anfangen konnten.
»Also losen wir.« Lilli fischte die griechische Münze aus ihrer Hosentasche. »Schiff ist rechts, Zahl ist links.« Lilli warf das Zweicentstück in die Luft, fing es wieder und klatschte es auf ihren Handrücken. »Schiff!«
»Also rechts.« Erschöpft stieg Bob wieder auf ihr Rad und bog nach rechts ab. Lilli und Very radelten ihr hinterher.
Die Straße machte eine Kurve und verlief dann am Fluss entlang. Die Sonne blendete, also führte die Straße nach Westen. Und der Fluss floss neben ihnen her. Lilli war nie eine Leuchte in Erdkunde gewesen, aber so viel wusste sie: Sie mussten umkehren. Lilli bremste. Nicht weit entfernt bellte ein Hund. Sie sah in die Richtung. Jenseits eines Gebäudes, das früher wohl mal eine Tankstelle war, erhob sich ein großer Schuppen. Davor parkte ein Abschleppwagen, und dahinter standen verschiedene schrottreife Fahrzeuge herum, ein verrosteter Gabelstapler neben einem Gartentraktor, der auf der Seite lag, ein Motorrad ohne Räder und ein Schneepflug. Und dann entdeckte Lilli das kleine Schiff. Es war von mehreren Pfählen zur Seite hin abgestützt und warf seinen riesigen Schatten an die Schuppenwand.
Staunend radelten die drei *Wilden Küken* auf das Gelände und hielten direkt neben dem Schiff an. Auch wenn der Lack verblichen war und stellenweise abblätterte, konnte man die Buchstaben noch gut erkennen.

»*Mylady*«, las Lilli laut den Schiffsnamen. »Wie geheimnisvoll!«

Very klappte ihren Fahrradständer herunter. »Wem das kleine Schmuckstück wohl gehört?«

»Sieht aus wie die Arche Noah. Toll!« Bob lehnte ihr Rad gegen das von Very und die drei gingen noch näher an das Schiff heran.

Plötzlich ertönte ein lautes Bellen. Ein Hund sprang auf sie zu.

»*Attenzione*, Lilli! Vorsicht!« Bob riss Lilli etwas beiseite.

»Zurück, Pascha!« Ein Mann mit verknautschtem Gesicht und Baseballkappe stiefelte wild gestikulierend hinter dem Hund her. »Und ihr Gören, weg da von dem Kahn!«

Der Mann zog an seiner Zigarette und warf die Kippe in eine Wasserlache.

»Pscht, Pascha, pscht«, sagte Lilli beruhigend. Der Hund vor ihr hörte auf, die Zähne zu fletschen, und ließ die Ohren hängen. Lilli tätschelte ihm den Kopf. »Braver Hund.«

Aber da war der Mann auch schon bei ihnen und versetzte dem Hund einen Fußtritt in die Seite. »Auf deinen Platz, du Köter.«

»Sie tun ihm doch weh!« Lilli wurde ganz heiß unter ihren Haaren.

Jaulend verzog sich der Hund hinter das Gebäude, an dessen Tür ein Schild mit der Aufschrift *Büro* hing.

»Und ihr macht, dass ihr wegkommt! Das ist kein Spielplatz hier.«

Obwohl er gut einen Meter entfernt von Lilli stand, konnte sie riechen, dass er Alkohol getrunken hatte.
»Die alte Lady hier«, er deutete auf das Schiff, »ist ziemlich baufällig.«
»Die *Mylady* gehört also Ihnen«, trotz ihrer Wut auf den Mann versuchte Lilli, höflich zu sein, »Herr ...?«
»Randolf, Kalle Randolf. Ja, sie gehört mir. Ich verkaufe alles, was Geld bringt – auch Schiffe«, grunzte er. »Und sogar kleine Mädchen.« Dabei packte er Bob am Kragen, hob sie kurz in die Luft und setzte sie wieder auf den Boden.
Kalle Randolf lachte, und die *Wilden Küken* machten, dass sie auf ihre Räder kamen. Als sie links in die Uferstraße einbogen, blickte sich Lilli noch einmal um. Die Abendsonne stand schon tief und vergoldete das seltsame Schiff, das wohl nie wieder Wasser unter den Kiel bekommen würde.

Lilli musste ausnahmsweise nicht nach dem Passwort fragen, es kam wie aus der Pistole geschossen. »Passwort *Mylady.*« Bob war zwar völlig aus der Puste, wiederholte es zur Sicherheit aber noch einmal lauter. »Passwort *Mylady*!!«

»Pscht!« Lilli legte den Finger auf die Lippen. »Muss ja nicht jeder hören.«

Während sich das elektrische Tor aufschob, kam auch schon Very angeradelt. Sie fuhr gleich rein und lehnte ihr Rad an die Papiertonne. »Passwort *Mylady*!«, rief sie aufgeregt und zupfte an ihrem neuen nabelfreien Top.

»Pscht!«, machten Lilli und Bob gleichzeitig.

Die *Wilden Küken* versorgten Bussi und Birdie und zeichneten dann eine geheime Karte von der genauen Lage der Olmgrotte. Aber nichts konnte Lilli von ihren Gedanken ablenken. Sie kriegte die *Mylady* nicht aus dem Kopf. Nicht einmal über Frau Wilhelms konnte sie sich aufregen. Obwohl die sich spontan mit Lillis Vater für ein Open-Air-Konzert im Park verabredet hatte. Dabei wollte er heute ursprünglich mit Lilli ins Kino. Trotzdem war es Lilli jetzt lieber, wenn ihr Vater am Abend in den Park ging.

»Du willst was?« Very lag in der Hängematte und Birdie saß auf ihrem nackten Bauch.
»Du machst Spaß, oder?« Bob saß im Schneidersitz auf einer Isomatte und Bussi hockte in Bobs aufgehaltenem T-Shirt.
Lilli rückte näher und streichelte Bussi sanft über den flauschigen Hals. »Ihr werdet Ausreden brauchen für heute Abend. Am besten, ihr sagt, dass ihr mit mir und Papa im Kino seid. Das hätten wir heute sowieso gemacht, wenn er nicht mit deiner Tante ... Mist!«, unterbrach sich Lilli. »Bob, du musst dir wohl eine eigene Ausrede ausdenken!«

»Ist doch mysteriös«, sagte Lilli, als sie mit den Rädern auf dem Weg zur Uferstraße waren. »Das Schiff auf der Münze führt uns ausgerechnet zu einem Schiff. Ob das nur Zufall ist?«
»Und das Blechküken bescherte uns drei Küken«, sagte Very. »Eins im Himmel und zwei im Gewächshaus.«
Bob fuhr zwischen sie beide. »Es ist alles nur Zufall! Genau wie das mit der Herzdame.«
»Mit dir meint es die Schatztruhe sowieso am besten.« Lilli bemühte sich, nicht neidisch zu klingen. »Du bist deine Tante los und hast Bussi.«
Verys Gangschaltung klickte. »Meine Mutter jedenfalls sagt, es gibt mehr Dinge zwischen Himmel und Erde, als wir uns vorstellen können. Also auch Magie und Geister und so.«
Lilli griff kurz in ihre Hosentasche. Die Münze war noch

da. Und daheim im Gewächshaus stand die hölzerne Truhe mit der Spielkarte und dem Blechküken darin. Lilli schaltete ihr Fahrradlicht ein. Es war den ganzen Tag bewölkt gewesen und wurde inzwischen schon dunkel. Wahrscheinlich hatte Bob recht. Es war einfach alles purer Zufall. Und das mit Papa und der Wilhelms war einfach nur Pech. Andererseits ... Das Schiff *Mylady* und das Schiff auf der Münze, das war doch fast ein bisschen unheimlich. Grübelnd radelte Lilli hinter Bob und Very her.

»Deshalb fährt Ilona auch nicht nach Mexiko!«, sagte Very. Wie zwei glühend rote Augen leuchteten die Rücklichter ihrer Freundinnen. Lilli holte auf. »Was ist denn in Mexiko?«

»Da gibt es doch dieses Totenfest. Die Mexikaner glauben, die Toten kommen zu Besuch, und sie feiern dann mit ihnen auf den Gräbern und so. Da gibt es Särge aus Marzipan.«

»Gruselig«, sagte Bob.

»Und Totenköpfe aus Zuckerguss.«

»Süßes, damit die Geister nicht sauer werden, oder wie?«, sagte Lilli lachend.

Sie hatten Glück. In Kalle Randolfs heruntergekommenem Büro brannte kein Licht und der Parkplatz davor war leer. Herr Randolf war also mit dem Abschleppwagen unterwegs. Lilli nahm die Tüte mit der Schinkenscheibe, die sie vorsorglich für Pascha mitgenommen hatte, vom Gepäckträger und klemmte dafür ihre Sandalen fest. »Wir schleichen barfuß, wie die Indianer.« Lilli knipste ihre Taschenlampe an.

Bob zog ebenfalls ihre Schuhe aus.
»Ich schleich doch hier nicht barfuß rum«, moserte Very. »Wenn da irgendwo ein rostiger Nagel liegt oder so. Außerdem hab ich extra meine neuen Sneakers angezogen.« Sie deutete auf ihre Füße, die in teuren Sportschuhen steckten.
»Den Schinken hätten wir uns sparen können.« Bob leuchtete mit ihrer Taschenlampe auf den Hundenapf unter der Bierbank. Ein halbes Würstchen lag in dem Napf und neben dem Napf lag Pascha und blinzelte. Lilli legte den Schinken zu dem Würstchen und kraulte Pascha den Nacken. Er wedelte mit dem Schwanz und drückte sich dann platt auf den Boden. Pascha war kein Pascha, sondern ein richtig armer Hund. Als Very hinzutrat, knurrte Pascha halb böse, halb ängstlich.
»Er mag mich nicht.« Very wich zurück. Das Knurren hörte auf, aber wenn sie den Fuß vorstreckte, fing es sofort wieder an.
»Sieht aus, als hätte er es auf deine Schuhe abgesehen«, sagte Bob.
»Los, kommt!« Lilli lief voraus zu der am Schiff lehnenden Leiter. Bob und Very folgten ihr.
Im Schein ihrer drei Taschenlampen erkundeten sie das Boot. Sie hoben den Deckel der Luke an und kletterten unter Deck. Die Planken hier unten waren zwar sehr dreckig, aber nicht morsch. Die *Wilden Küken* drehten staubige Kisten um, stiegen über Gerümpel und stolperten über Knäuel von ausgefransten Tauen. Die ganze Inneneinrichtung war

hinüber. Die Klapptische, die man ursprünglich von den Wänden klappen konnte, waren aus den Halterungen gerissen, die Bullaugen waren mit Folie verklebt, weil die Scheiben fehlten oder zerbrochen waren. Es stank. Eine schmale Tür führte Richtung Bug, eine zweite zu einem Raum im Heck des Schiffes. Die eine hing nur noch in einer Angel, die Klinke fehlte und das Schloss war kaputt. Dahinter gab es zwei Schlafkojen.

»Igitt, der Gestank wird ja immer schlimmer!«, stöhnte Very.

»Ich glaube, das sind diese versifften Matratzen«, sagte Bob und wich einen Schritt zurück.

»Gestank hin oder her. Eins steht fest: Die *Mylady* wird unser geheimer Bandentreffpunkt!«, verkündete Lilli. »Normale Treffen im Gewächshaus. Geheimtreffen hier.«

»Verdammt!« Bob schüttelte ihre flackernde Taschenlampe. »Hoffentlich gibt das Ding nicht seinen Geist auf.«

»Seinen Geeeeeiiiiiist!«, heulte Very in ihre hohlen Hände.

Lilli trat auf eine Plastikgabel. »Au!« Inzwischen bereute sie ihre Idee, barfuß zu schleichen wie die Indianer.

Very leuchtete zur Hecktür. Die war noch intakt, aber abgeschlossen. »*Kombüse*«, las sie vom Messingschild ab.

»Das ist die Schiffsküche.« Lilli drehte und rüttelte am Türknauf, sie stemmte sich mit dem Fuß gegen die Zarge, aber die Tür hielt stand.

Bob ging auf die Knie. »Da.« Unter der Tür war ein breiter Spalt. »Leider zu schmal zum Durchkriechen.« Bob schüt-

telte ihre Lampe und leuchtete unter dem Spalt hindurch. Auch Very und Lilli beugten sich auf den Boden und leuchteten. Aber außer zerbeulten Töpfen und einer verbogenen Schöpfkelle und sonstigem Müll, der über den Boden der Kombüse verstreut lag, konnten sie nichts erkennen.
Oben an Deck klapperte etwas.
»Nur der Wind«, sagte Lilli beruhigend, aber vorsichtshalber griff sie nach den Händen ihrer Freundinnen, die dicht an sie heranrückten. Sie sammelten Mut, um das Schiff weiter zu erkunden.
Bob untersuchte das Türschloss. »Wie ist das möglich? Sie ist von innen abgeschlossen!«
Noch während Bob das sagte, gab ihre Taschenlampe ganz den Geist auf. Ein Schauer lief den Mädchen über den Rücken. Und dann schlug eine Uhr. In der Kombüse. Zwölfmal – und mit jedem Schlag erstarrten die *Wilden Küken* mehr und mehr zu Stein.
Es ist noch nicht mal neun, dachte Lilli, aber als Bob und Very dann plötzlich aufkreischten und zurücksprangen, sprang und kreischte sie automatisch mit. Sich mit dem Rücken gegen das Bullauge drückend, leuchteten Lilli und Very auf die Flasche, die langsam auf sie zurollte.
»Die kam unter der … unter der … der …«, stotterte Very.
»Unter der Tür durch«, sagte Bob tonlos.
Die Flasche berührte Lillis nackten Fuß. »Das ist eine Flaschenpost.« Lilli wagte nicht, sich zu bewegen.
»Aus dem Reich der Toten«, murmelte Very.

»*Scemenza!*« Bob bückte sich. »Das ist doch Quatsch!« Sie nahm die Flasche, öffnete sie und schüttelte den Zettel heraus. Insgeheim bewunderte Lilli Bob für ihre Unerschrockenheit. Eigentlich sollte sie als Oberküken die Mutigste sein. »Gib mal her.« Sie nahm Bob den Zettel aus der Hand und gab ihr stattdessen ihre Lampe zum Halten.

»*Rezept von Smutje Skull*«, las Lilli vor.

»›Skull‹, das heißt Totenschädel«, wisperte Very.

»Und was heißt ›Smutje‹?«, fragte Bob. »Ist das ein Name?«

»›Smutje‹ nennt man den Schiffskoch«, sagte Lilli.

Unwillkürlich blicken alle drei zur Kombüsentür.

»*Man nehme*«, las Lilli die Flaschenpost weiter vor, »*drei Mädchen, Jungfrauen sollten es sein, und werfe sie in siedendes Öl hinein.*« Der Zettel war an den Rändern verbrannt und eingetrocknete blutrote Tropfen waren zwischen die Buchstaben gespritzt. »*Dort lasse man sie schmoren bis über beide Ohren. Zerteile sie in kleine Happen mit dem Messer, fertig ist das Mänü für Menschenfresser.*«

»›Menü‹ schreibt man mit e«, sagte Very, zuckte aber im gleichen Augenblick zusammen. »Habt ihr das auch gehört?«

»Das kam aus der Kombüse«, flüsterte Bob. »Der Türknauf dreht sich!«

Alle drei starrten zur Tür und wären vor Schreck fast gestorben. Ein grässliches Geschrei ertönte, die Tür flog auf, und drei Gestalten, mit einem Schneebesen, einer Schöpfkelle und einem Kochlöffel in der Hand, sprangen auf die *Küken* zu. Eine halbe Sekunde lang dachte Lilli, sie würde ohnmächtig, dann nahm sie den Geruch von Kakaopulver wahr und rief: »Das ist Ole!«

»Die *Grottenolme*«, schrien jetzt auch Bob und Very.

Es hätte mit Sicherheit eine Rauferei zwischen der Mädchen- und der Jungenbande gegeben, wenn nicht in diesem Augenblick mit Getöse die Falltür über der Luke zugefallen wäre. Staub rieselte aus den Ritzen der Planken über ihnen. Sie waren im Schiffsbauch gefangen.

»Seid ihr allein hier?«, flüsterte Ole kaum hörbar.

»Ja. Und ihr?«, gab Lilli die Frage zurück.

Ole nickte.

»Dann spukt es hier wirklich.« Very stellte sich zwischen Lilli und Bob. »Wahrscheinlich habt ihr Idioten das Gespenst erst aufgeweckt.« Sie leuchtete auf Mitch.

Erst jetzt sah Lilli, dass Mitch eine Weste mit tausend aufgenähten Taschen trug und eine schmuddelige Kochmütze aufhatte.

Little räusperte sich. »Ich glaube nicht an unkörperliche Wesen mit übersinnlichen Fähigkeiten.«

»Aber ich! Scheiße, Mann.« Mitch zog sich die Kochmütze vom Kopf. Über ihnen fiel jetzt etwas scheppernd auf die Planken.

»Außerdem ist jetzt nicht Geisterstunde.« Little zeigte auf den MP3-Player am Gürtel seines Bruders und erklärte: »Die Glockenschläge hat Ole hiermit abgespielt!«

Das war allerdings nur ein geringer Trost, denn über ihren Köpfen hörten sie jetzt ein Tapsen.

»Wer ist das?«, fragte Lilli.

»Dieser Randolf vielleicht«, sagte Ole. »Aber eigentlich ist der viel zu schwer für so leise Schritte.«

»Einer muss nachsehen!« Bob leuchtete mit Lillis Lampe zur Luke, von woher ein unheimliches Kratzen kam.

»Alle zusammen«, entschied Lilli. Und dann drängten sich drei *Küken* und drei *Olme* auf der schmalen Treppe gleichzeitig zur Luke.

Lilli und Ole standen zuoberst und hoben die Falltür einen Zentimeter an. Durch den Spalt sahen sie gefletschte Zähne und hörten ein böses Knurren. Eine Sekunde lang lächelten Ole und Lilli sich an.

Dann wandte Ole sich an Mitch. »Hast du noch ein Würstchen?«

Mitch klopfte vergeblich die vielen Taschen seiner Überlebensweste ab. »Tut mir leid, Boss.«

Lilli legte ihre Hand auf Verys Schulter. »Zieh einen Schuh aus.«

»Nicht meine Sneakers ...«, beschwerte sich Very, zog den Schuh vom Fuß und reichte ihn Lilli.

Lilli stemmte jetzt den Lukendeckel ganz auf, streckte sich und warf, in der Luke stehend, Verys Sneaker über Bord.

Kläffend sprang Pascha dem Schuh hinterher über die Reling.

Die *Wilden Küken* und die *Grottenolme* wollten gerade von Bord der *Mylady* gehen, da streifte das Licht zweier Autoscheinwerfer über das Gelände.

»Hoffentlich hat er uns nicht gesehen.« Sie duckten sich hinter die kleine Kajüte. Mit ersterbendem Motorengeräusch hielt der Abschleppwagen neben dem Gebäude. Randolf sprang aus dem Gefährt, trat seine Zigarette aus und steuerte schimpfend auf die *Mylady* zu. »Runter da, ihr Pack!«

Olme und *Küken* kletterten in Windeseile die Leiter hinunter und rannten los. Zum Glück war Randolf kein sehr flinker Fänger. Und nachdem er sie ein paarmal in alle Richtungen gejagt hatte und immer wieder schimpfte: »Ich ruf eure Eltern an, ihr Pack«, gab er die Jagd schließlich schwer schnaufend auf. »Fangt bloß nie an zu rauchen!«, rief er ihnen noch keuchend hinterher, aber da waren die *Küken* schon bei ihren Rädern.

Die *Olme* hatten ihre Räder im Straßengraben versteckt. Bis dorthin schoben die *Küken*. Very humpelte etwas mit ihrem einen Schuh. Bevor beide Banden losfuhren, blickten sie sich noch einmal um. Bis hierher zur Uferstraße hörten sie Kalle Randolf schimpfen. »Pascha, du verdammter Köter, du Versager, du Niete von einem Wachhund …«

Im Licht der inzwischen brennenden Außenbeleuchtung des Gebäudes konnten sie sehen, wie Randolf dem armen Hund einen Fußtritt nach dem anderen versetzte. Pascha jaulte zum Erbarmen. Und sein Jaulen klang Lilli noch in den Ohren, als sie schon längst außer Hörweite waren.

Vorm Neuen Theater trennten sich die Wege der *Küken* und der *Olme*. Aus dem Park schallte die Musik vom Open-Air-Konzert herüber und bunte Lichtstreifen zerschnitten den Nachthimmel.

»Also, Waffenstillstand zwischen *Küken* und *Olmen*?« Ole streckte Lilli die Hand hin.

»Aber nur, wenn ihr uns bei einer wichtigen Sache helft!«, sagte Lilli und schlug ein. Kurz darauf war nicht nur der Waffenstillstand besiegelt, sondern auch ein gemeinsamer Entschluss.

»*A domani!* Bis morgen!« Bob radelte nach rechts Richtung Eisdiele.

»Ja, bis morgen!« Ole und seine *Olme* bogen nach links ab. Zuletzt verabschiedeten sich Lilli und Very.

»Und was sag ich meiner Mutter, wegen des fehlenden Sneakers?«, rief Very Lilli noch hinterher.

»Sag einfach, den haben mexikanische Totengeister aufgefressen!«, hallte Lillis Stimme von der Nepomukbrücke.

Zu Hause streichelte sie Birdie und Bussi und erzählte ihnen vom ärmsten Hund der Welt, bis das Auto von Frau Wilhelms in der Einfahrt hielt.

Lilli löffelte Pistazieneis und beobachtete Gelatino dabei, wie er den Eisportionierer herumwirbelte und draußen vorbeigehenden Blondinen »*Ciao, bella!*« nachrief.

Lilli war viel zu früh zum Treffen aufgebrochen. Noch vor dem Nachtisch. Auf Frau Wilhelms' Obstsalat mit Karamellcreme konnte sie verzichten. Lilli aß lieber hier ihren Nachtisch. Die Cantarellas machten wirklich die beste Eiscreme der Welt. Besonders an einem heißen Tag wie heute. Lillis Pistazieneis schmeckte wie ein grüner Traum, wie Seelenfutter, wie ein Ferientag woanders. Da war es auch nicht so schlimm, allein zu warten. Bob war noch in der Klarinettenstunde und würde frühestens in zwanzig Minuten aufkreuzen.

Lilli ließ ihren Blick durch die Eisdiele schweifen. In vielen Eisbechern türmte sich leuchtend gelbes Eis. Das knutschende Pärchen am Fenstertisch unterbrach sein Geknutsche, fütterte sich gegenseitig mit gelbem Eis und knutschte munter weiter. Ein älteres Ehepaar verließ die Eisdiele, in den Händen hielten die beiden je eine Waffeltüte mit einem großen Berg gelber Eiscreme. Sie leckten an dem Eis, gaben sich

ein Küsschen und schlenderten Händchen haltend davon.
Jetzt entdeckte Lilli das Schild hinter der Glastheke. Zwischen *Stracciatella* und *Zitrone* stand eindeutig *Amoretto*.
Als hätte er Lillis Gedanken gelesen, rief Gelatino herüber: »Des is a echta Renner! Mogst a an Batzen?!«
Lilli schüttelte den Kopf. Kurz winkte Gelatino mit dem Eisportionierer und widmete sich dann sogleich einer braun gebrannten Schönheit mit Sonnenhut.
Bobs Nonna kam aus der Küche, nahm Sektgläser aus dem Glasregal hinter der Theke und stellte sie auf ein Tablett. Bei den Cantarellas gab es wohl etwas zu feiern, dachte Lilli. Sie hatte vorhin auch schon die Stimme von Bobs Vater in der Küche gehört und der war selten in der Eisdiele.
»Frau Cantarella«, wandte Lilli sich an die Nonna. »Das mit dem Eis ...?«
Die Sektgläser auf dem Tablett klirrten leise.
»Euer Liebeseis ist ein gutes Geschäft.« Die Nonna deutete auf ein Liebespaar, das sich gerade mit einem Riesenbecher Amoretto an den kleinen Tisch ganz hinten in der Ecke der Eisdiele setzte.
»Nein, ich meine, es wirkt doch nicht wirklich?«
Die alte Frau lächelte. Ihre knittrigen Lippen wurden glatt und schmal. »Du meinst den *zafferano*?«
Lilli nickte.
»Es ist nicht das Eis«, sagte die Nonna. »Es sind die Menschen.« Damit verschwand sie mitsamt den leise klirrenden Gläsern in der Küche.

Bob hat ja heute Geburtstag, schoss es Lilli durch den Kopf. Sie ärgerte sich, dass sie nicht schon vorher daran gedacht hatte, da schneite auch schon Very herein, gefolgt von Mitch, Little und Ole.
»Griaß di, Blondie!« Gelatino warf Very zur Begrüßung eine leere Waffeltüte zu.
»Echt«, stöhnte Mitch. »Der Typ nervt total.«
Very setzte sich neben Lilli und knabberte an der Eiswaffel. Ole, Little und Mitch rückten sich ebenfalls Stühle an Lillis Tisch.
Waffenstillstand war echt eine gute Sache. Lilli und Very konnten einfach so mit den *Grottenolmen* in der Eisdiele sitzen, auf Bob warten und über Mitchs Witze lachen. Das heißt, Very schüttelte nur den Kopf, kräuselte ihre spitze Nase und tat alles, womit sie ohne Worte ausdrücken konnte, wie kindisch und doof sie Mitchs Witze fand.
»Die Schley, der Wiese und der Busen kreisen in einem Flugzeug über Deutschland …« Mitch musste eine Pause einlegen, weil er vor lauter Vorfreude auf die Pointe lachen musste. »Sagt die Schley: ›Wenn wir da jetzt einen Hunderter runterwerfen, freut sich ein Deutscher.‹«
Very pustete sich eine goldene Haarsträhne aus der Stirn. Kurz kam Mitch durcheinander. »Also, die Schley, der Wiese und der Busen kreisen in einem Flugzeug …«
»Das sagtest du bereits.« Very seufzte gelangweilt. »Beim Hunderter freut sich ein Deutscher …«
»Genau.« Mitch räusperte sich. »Dann sagt der Wiese:

›Wenn wir da jetzt zehn Zehner runterwerfen, freuen sich zehn Deutsche.‹« Mitch schaute kurz zu Very. »Darauf der Busen: ›Wenn wir …‹«

»… hundert einzelne Euro runterwerfen, freuen sich hundert Deutsche. Hahaha!«, unterbrach ihn Very.

»Aber dann«, Mitch hob die Hände, um sich Aufmerksamkeit zu verschaffen, »sagt der Pilot: ›Wenn ihr nicht bald euer Maul haltet, werf ich euch drei runter, dann freut sich ganz Deutschland!‹«

Mitch klopfte sich auf die Schenkel. Very lachte nicht mit, Ole auch nicht. Und Little sowieso nicht, der kämmte sich mal wieder die Haare. Lilli wurde sich der komischen Situation bewusst und plötzlich prustete sie laut los. Da fiel auch Ole in ihr Lachen mit ein. Lilli japste nach Luft und hielt sich den Bauch, da konnte auch Very nicht anders. Mitch lachte sowieso noch und sogar Little zog die Mundwinkel hoch.

Es sind nicht die Witze, dachte Lilli, es sind die Menschen, würde die Nonna jetzt sagen.

Von der Reaktion beflügelt, redete Mitch weiter. »Oder kennt ihr den? Der Papst geht in eine Kneipe …«

Glücklicherweise kam Bob durch die Tür der Eisdiele. Sie hatte ihren Klarinettenkoffer in der Hand und eine Blumenkette um den Hals. Lilli überlegte, ob sie Bob gleich gratulieren sollte oder erst nachher, da winkte Bob sie schon nach hinten. Lilli, Very und die *Grottenolme* begleiteten Bob in die Küche. Dort standen Giulia, Bobs Eltern und die Nonna

um den Tisch und hoben die mit Sekt oder Orangensaft gefüllten Gläser.
»Gut, dass du kommst, Bob«, sagte Bobs Vater.
»Und du auch, Verena«, fügte Bobs Mutter hinzu.
»Wir haben drei Sachen zu feiern.« Bobs Vater räusperte sich. »Siegi kann ohne Stützräder Rad fahren!«
»Sneller Propeller«, jubelte Siegi in seiner Kleinkindsprache und zeigte auf sein Fahrrad, das ohne Stützräder in der Ecke lehnte. »Sneller Propeller!«
»Zweitens läuft die Eisdiele so gut wie schon lange nicht mehr«, fuhr Bobs Vater fort. Und dann ergriff Bobs Mutter das Wort: »Und euer Papa hat endlich wieder einen Job. Und das haben wir Verenas Großvater zu verdanken!«
Bob lächelte. Giulia drückte ihr ein Sektglas mit Saft in die Hand. Alle redeten durcheinander. Bob lächelte und lächelte. Sie haben ihren Geburtstag vergessen, schoss es Lilli durch den Kopf. Und das machte sie so wütend, dass ihr Herz wie wild klopfte. Sie stellte sich auf einen Stuhl. »Und auf Bobs Geburtstag.«
Alle verstummten.
Lilli reckte ihr Glas in die Luft. »Auf Bob, die immer da ist, wenn man sie braucht, und die einen tröstet, wenn man traurig ist. Auf die beste Freundin der Welt!«
Eine Sekunde standen alle nur betroffen da. Lilli sah, wie sich Bobs Mund bewegte. Sie musste die Worte gar nicht hören, um zu wissen, dass die Lippen den Satz »Keine alleine, alle oder keine!« formten.

Lilli stand noch immer auf dem Stuhl. Und noch immer starrten sie alle an. Lilli spürte, wie sie rot wurde. Aber da klatschte jemand. Es war Ole. Und als wäre durch das Klatschen der Bann gebrochen, ging das Durcheinander auch schon wieder los. Die ganze Familie drückte und umarmte und küsste Bob, gratulierte ihr und entschuldigte sich.
Es dauerte eine ganze Weile, bis die *Wilden Küken* und die *Grottenolme* sich endlich verdrücken konnten.

Sechs Fahrräder rollten die Uferstraße entlang. Mal fuhren die *Wilden Küken* voraus, mal die *Grottenolme.* An Oles Rad hing ein bunter Anhänger, mit dem man normalerweise kleine Kinder transportierte.
»Hast du an die Würstchen gedacht?«, fragte Ole.
»Klar, Boss.« Mitch salutierte und musste einen Schlenker fahren, um nicht von der Straße auf den unbefestigten Seitenstreifen zu geraten.
An der Abzweigung hielten sie an. Sie hatten Pech. Der Abschleppwagen parkte vor Randolfs Büro. Und daneben hockte Randolf selbst auf einer Bierbank und rauchte. In sicherer Entfernung schoben beide Banden ihre Räder ins Gebüsch und warteten.
»Und wenn er heute überhaupt nicht mehr wegfährt?«, fragte Very.
»Ein Täuschungsmanöver bewirkt eine vorhersehbare Reaktion des Gegners.« Little kämmte seine vom Fahrtwind etwas zerzausten Haare glatt. Seine Stimme klang genauso

monoton wie im Matheunterricht. »Führt der Gegner seine Reaktion aus, ist dies eine günstige Gelegenheit, die eigentlich beabsichtigte Aktion auszuführen.« Niemand kapierte, was er meinte. Nur Ole nickte und holte sein Handy raus. Vielleicht hatten Zwillinge wirklich einen besonderen Draht zueinander, auch wenn sie zweieiig und so verschieden waren wie Ole und Little, dachte Lilli.

»Warte, vergiss nicht die Rufnummerunterdrückung.« Little drückte ein paar Tasten und gab Ole das Handy zurück. Dann diktierte er ihm aus dem Kopf eine Telefonnummer.

Aus Randolfs Büro hörte man ein leises Klingeln. Lilli spähte zwischen zwei Büschen durch und sah, wie Randolf im Büro verschwand.

»Ich brauche einen Abschleppwagen«, redete Ole mit tiefer, verstellter Stimme ins Telefon. »An der Nepomukstraße, Ecke Schleusenweg.«

Es klappte. Eine Minute später heulte ein Motor auf und kurz darauf fuhr der Abschleppwagen an ihnen vorbei.

Küken und *Olme* schoben die Räder aus ihrem Versteck.

Oben empfing sie Pascha mit einem Knurren. Die Kette, an der er angebunden war, spannte sich immer wieder klirrend, wenn er auf sie zuspringen wollte. Mitch holte zwei Würstchen raus und warf eines dem Hund hin. Pascha zögerte kurz. Doch dann war ihm das Würstchen wichtiger, als das Gelände zu bewachen.

Lilli redete beruhigend auf ihn ein und streichelte den Hund wieder zwischen den Ohren. Sein Knurren wurde immer

leiser. »Du wirst nie mehr geschlagen und Fußtritte bekommst du auch nicht mehr. Nie wieder, das verspreche ich dir«, flüsterte Lilli ihm zu. Sie kraulte Paschas Fell und schaute hinüber zum Schiff. Eine der Folien, mit denen die Bullaugen zugeklebt waren, hatte sich gelöst und flatterte im Wind. Für ein paar Sekunden gingen Lillis Gedanken auf Reisen. Die *Mylady* schaukelte sanft auf den Wogen. Lilli Tortuga und ihr Piratenhund Pascha standen am Bug und hielten Ausschau. Der Wind knatterte in den Segeln und …
»Wenn du ihn weiter so kraulst, pennt er noch ein!« Mitch biss von dem zweiten Würstchen ab und Ole klinkte die Hundeleine aus dem Karabinerhaken der Kette. Pascha ließ sich anstandslos führen. Mitch warf das restliche Würstchen in den Kinderanhänger und der Hund hopste hinterher.
»Hey, da ist ja sogar mein Sneaker.« Very bückte sich und hob ihren Schuh neben einer Mülltonne auf. Er war ziemlich zerbissen, aber Very nahm ihn trotzdem mit.
Ole knöpfte die Regenschutzfolie über den Anhänger, damit Pascha nicht raushüpfen konnte, dann fuhren sie los.
Stolz radelten die *Wilden Küken* und die *Grottenolme* die Uferstraße zurück. Sie hatten Pascha befreit! Er war jetzt ein Bandenhund. Sie würden sich abwechseln. Mal würden ihn die *Grottenolme* nehmen und mal die *Wilden Küken* bei sich verstecken. Die Reihenfolge stand noch nicht fest, aber eines war sicher: Pascha würde nie mehr geschlagen werden.

Auf dem Platz vorm Neuen Theater trennten sich ihre Wege, und natürlich ging sofort die Diskussion los, wer denn nun Pascha als Erster mit nach Hause nehmen durfte. Ole ging davon aus, dass er und Little das seien, schließlich hockte der Hund in ihrem Anhänger. Mitch meinte, wer die Würstchen bezahlt hätte, hätte auch die meisten Rechte.

Little kämmte sich und Pascha bellte. So laut, dass die Leute sich schon nach ihnen umdrehten. Very steckte ihren zerbissenen Sneaker zu Pascha in den Anhänger und sofort war er ruhig. »Meine Schuhe mag er am liebsten.«

»Bob hat heute Geburtstag, also kriegt sie ihn«, entschied Lilli.

Bob schüttelte den Kopf. »Aber die Befreiungsaktion war deine Idee. Ich bin für Lilli!«

»Wir waren als Erste an Bord des Schiffes«, sagte Mitch. »Die Männer kriegen den Kampfhund.«

»Erstens ist das kein Kampfhund, und zweitens seid ihr keine Männer, sondern *Olme.*« Very verschränkte die Arme vor der Brust. »Außerdem hast du dein Hemd verkehrt geknöpft.«

So ging es eine Weile hin und her, bis Lilli und Ole der Diskussion ein Ende machten, indem sie gleichzeitig »Ruhe! Wir losen!« riefen.
Ole zupfte fünf Schilfhalme aus der Grünanlage vorm Theater.
Sofort regte Very sich auf. »Wir sind aber sechs: drei *Küken* und drei *Olme*!«
Lilli beruhigte sie. »Ole und Little sind Brüder, also nur ein Halm für beide.«
»Wer den längsten Halm zieht«, erklärte Ole, »kriegt den Hund als Erstes, dann kommt der mit dem zweitlängsten und so weiter.«
Mitch zog den längsten Halm und kriegte sich kaum mehr ein. Er stieß mit der Faust in die Luft und rief: »Champion, Champion, Champion!«
Very verdrehte genervt die Augen.
Vom Neuen Theater aus war es nicht weit zu Mitchs Straße, also beschlossen sie, sich erst dort zu trennen. So konnte Pascha auch das letzte Stück Weg noch in Oles Anhänger bleiben. Mitch radelte voran, er röhrte wie ein Motorrad und machte in den Kurven das Geräusch quietschender Reifen. Vorne am Getränkemarkt verstummte er plötzlich. Die anderen bogen ebenfalls nacheinander um die Ecke und erkannten, warum.
Ein paar Häuser weiter stand ein Rettungswagen in der Einfahrt. Die Türen waren aufgeklappt und das Blaulicht drehte sich.

Mitch lehnte sein Rad an den Zaun. Seine Mutter kam aus dem Haus und fasste ihn an den Schultern.
Die *Wilden Küken* und die Zwillinge hatten auf der anderen Straßenseite angehalten. Niemand sagte etwas, nicht mal Pascha bellte.
Mitchs Mutter redete kurz auf Mitch ein und er nickte. Sie gab ihm einen Schlüsselbund. Dann trugen die Sanitäter einen bewusstlosen Mann auf der Trage aus dem Haus heraus.
»Sein Vater«, murmelte Ole neben Lilli.
Die Arme des Mannes waren an der Trage festgeschnallt. Die Sanitäter schoben ihn in den Rettungswagen und Mitchs Mutter kletterte ebenfalls hinein.
Die Sanitäter klappten die Türen zu und fuhren ab. Mitch stand reglos in der Einfahrt. Als der Rettungswagen in die Hauptstraße einbog, schalteten die Sanitäter das Martinshorn ein.
Lilli, Ole, Little, Very und Bob lehnten ihre Räder neben das von Mitch.
»Also, das mit dem Hund ...«, Mitch klimperte nervös mit den Schlüsseln in seiner Hand, »ist bei mir momentan schlecht. Am besten versteckt ihn heute jemand anders.«
»Dann ist Lilli dran«, sagte Little, »anschließend wir und am darauffolgenden Tag Bob ...« Er verstummte, weil Ole ihn in die Seite stieß.
»Mein Vater hat eine Thrombose ...«, sagte Mitch. »So Gerinnsel verstopfen ihm die Adern. Deshalb musste er schon

zweimal ins Krankenhaus.« Mitch lud eine unsichtbare Schusswaffe durch. »Am liebsten würde ich die Thrombosedinger alle …« Er feuerte um sich und ahmte die Geräusche eines Maschinengewehrs nach. Die Hausschlüssel in seiner Hand klimperten und der Rückstoß der Salve schüttelte ihn.
Lilli blickte zu Very. Nicht, dass die jetzt eine dumme Bemerkung losließ! Aber über Verys Wangen rollten Tränen. Wortlos ging sie zu Mitch und umarmte ihn. Auch wenn sein Hemd verkehrt geknöpft war.

Zurück am Neuen Theater, verabschiedeten sich Bob und Very. Little machte sich ebenfalls auf den Heimweg. Nur Ole begleitete Lilli noch mit dem Hund im Anhänger.
Als sie bei Lilli ankamen, blieb Ole vorm Tor stehen, und Lilli überprüfte, ob die Luft rein war. Dann pfiff sie. Kurz darauf radelte Ole durch das Tor. Er ließ Pascha aus dem Anhänger und machte die Hundeleine an der Papiertonne fest.
»Der arme Mitch«, sagte Lilli. »Hoffentlich geht es seinem Vater bald besser.«
»Ja, hoffentlich.« Ole überlegte. »Also … was ich noch sagen wollte … ›Pascha‹ ist ein blöder Name, find ich.«
Lilli holte Verys Sneaker aus dem Anhänger und wedelte damit in der Luft rum. »Wir könnten ihn ja ›Sneaker‹ nennen.«
Der Hund knurrte und schnappte nach dem Schuh.

Ole nickte, stieg lachend auf sein Rad und fuhr davon, ohne sich noch einmal umzusehen.
Lilli band Sneaker los und ging mit ihm in die Küche. Dort füllte sie ihm Wasser in eine Schüssel und machte für sich eine große Tasse kalten Kakao.
Dann ging sie mit ihm in ihr Zimmer und machte ihn los.
Sneaker sauste ein bisschen hin und her und legte sich dann auf den kleinen Fransenteppich vor Lillis Bett, als wäre das schon immer sein Lieblingsplatz gewesen. Sie schaltete ihren CD-Player ein. Musik ertönte und Lilli tanzte. Das machte sie sonst nur heimlich, wenn garantiert niemand zuguckte. Aber vor Sneaker schämte sie sich nicht. Der war sowieso mit Verys Schuh beschäftigt.
Wenn sie tanzte, fühlte es sich für Lilli an wie Lachen oder wie Weinen. Oder wie beides auf einmal. Lilli drehte sich, ihre Füße waren federleicht, und wenn sie die Arme in der Luft wiegte, war es, als würde die Musik ihren Bewegungen folgen und nicht umgekehrt. Lilli schwebte. Bis Sneaker beschloss, mitzutanzen. Er jaulte und hüpfte ihr vor den Füßen herum, bis sie beide übereinanderpurzelten. Dann lag er mehrere Minuten neben ihr und gab keinen Mucks von sich. Aber seine Augen waren wachsam auf Lilli gerichtet. Lilli streichelte sein Fell. Er stank ein bisschen, aber nicht schlimm.
»Du bleibst brav hier liegen«, befahl Lilli.
Nachher würde sie ihm eine Dusche verpassen, aber jetzt musste sie sich erst einmal um die Küken kümmern.

Lilli sperrte ihre Zimmertür zur Sicherheit von außen ab. Sneaker war ein kluges Tier und eine Türklinke wäre für ihn sicher kein Hindernis.

»Na, habt ihr eine Idee, wie ich Papa das mit Sneaker verklickern soll?«, fragte sie Birdie und Bussi, als sie ihnen frisches Wasser und Futter gab.

Doch die Küken machten nur leise »Piep, piep«.

Lilli war schon wieder im Flur, da hörte sie erst das elektrische Tor und dann das Schlagen von zwei Autotüren.

Lilli lauschte Richtung Haustür.

»Vielleicht ging das alles auch einfach viel zu schnell für sie. Und du redest ja auch nicht richtig mit ihr darüber.« Das war die Stimme von Frau Wilhelms.

Lillis Vater hustete. So hustete er immer, wenn er nicht wusste, was er sagen sollte.

»Und wenn wir uns einfach weniger oft zu zweit sehen und dafür öfter was gemeinsam mit ihr unternehmen?«, schlug Frau Wilhelms vor.

Den ersten Vorschlag hielt Lilli für eine gute Idee, den zweiten allerdings weniger.

Aber da kam ihr Vater auch schon mit einem Stapel Bücher unterm Arm herein. »Lilli! Ich dachte, du bist noch bei Bobbina.« Er drehte sich zu Frau Wilhelms um, die ebenfalls einen Bücherstapel schleppte. »Wir reden am besten heute Abend weiter, ja?« Lillis Vater legte die Bücher auf dem Küchentisch ab und ging wieder hinaus. »Ich hol noch den Rest aus dem Auto.«

Frau Wilhelms lächelte Lilli an. »Wir waren im Antiquariat. Alles Bücher uber Chippendale-Möbel!«
»Guten Tag, Frau Wilhelms«, sagte Lilli übertrieben höflich.
Frau Wilhelms legte die Bücher neben den anderen Stapel und musterte Lilli mit ihrem Lehrerinnenblick. »Willst du wirklich nicht Luisa zu mir sagen?«
Lilli schwieg und Frau Wilhelms wippte auf ihren Stöckelschuhen.
»Ich hab unterwegs deine Lieblingssalami gekauft.« Lillis Vater kam wieder herein und wedelte mit einer Packung Salami herum.
Im gleichen Moment ertönte von oben ein Bellen.
»Was war das denn?«
Lilli betete, Sneaker möge aufhören. Aber den Gefallen tat er ihr nicht.
»Das kommt doch aus deinem Zimmer. Lilli ... jetzt sag schon!« Lillis Vater drückte Frau Wilhelms die Tüte mit der Salami in die Hand und wollte die Treppe hoch, aber Lilli stellte sich ihm in den Weg. »Mein Zimmer geht dich nichts an.«
»Das ist eindeutig ein Hund«, sagte Frau Wilhelms. »Und nicht gerade ein kleiner.«
Sneaker bellte immer lauter. Man hörte ihn an der Tür kratzen und die Klinke klappte ein paarmal. Lillis Vater schob seine Tochter beiseite und drehte den Schlüssel um, der außen im Schloss steckte.

»Wuff!« Die Tür flog auf. Fast wäre Lillis Vater rücklings die Treppe runtergefallen. Sneaker sauste die Stufen hinab, zielstrebig auf Frau Wilhelms zu.

»Luisa«, schrie Lillis Vater. »Die Salami! Gib sie ihm!«

Aber Frau Wilhelms riss die Wohnzimmertür auf, schleuderte die Tüte hinein, knallte die Tür wieder zu, schloss ab und warf den Schlüssel in den Schirmständer. »Das ist sündteure Biowurst!«

»Sneaker, bei Fuß!« Lilli lief die Treppe runter.

Sneaker zerrte vergeblich mit dem Maul an der Klinke der Wohnzimmertür, dann drehte er sich um und setzte zum Sprung an.

»Luisa!« Lillis Vater wollte sich schützend vor sie stellen, kam aber zu spät. Der Hund landete direkt vor Frau Wilhelms und biss sich ganz genüsslich an ihrem Stöckelschuh fest.

Sie schlüpfte aus dem Schuh und humpelte zu Lillis Vater, der sie in die Arme schloss.

Sneaker kaute auf dem Leder herum und knurrte voller Genugtuung.

Obwohl Sneaker überhaupt nichts mehr anstellte, sondern brav neben Lilli am Boden lag und mit Unschuldsaugen zu ihr hochschaute, ließ ihr Vater nicht mit sich reden.

»Der Hund muss weg. Und zwar sofort.«

»Dann wird er wieder geschlagen.«

»Einen Hund zu entführen, das ist Diebstahl!« Lillis Vater

schlug auf den Tisch. »Wir bringen ihn gleich zurück und basta!«
Sneaker fletschte die Zähne.
»Bitte nicht, ich ersetze auch den Schuh«, flehte Lilli und warf einen Blick zu Frau Wilhelms, die mit verschränkten Armen an der Spüle lehnte.
»Das sowieso.« Lillis Vater nahm die Hand seiner Tochter. »Du weißt, ich will keine Tiere und einen gestohlenen Hund erst recht nicht.«
»Das ist ungerecht. Du hast Frau Wilhelms ...« Tränen rollten über Lillis Wangen. »Und ich?«
»Ich bin aber kein Hund«, mischte sich Frau Wilhelms ein. »Und wenn er wirklich geschlagen wurde ...«
»Ich hab mir das nicht ausgedacht!« Lillis Stimme überschlug sich fast. »Auch wenn ich manchmal schwindle, *das* ist wahr!«
»Wenn er wirklich geschlagen wurde, dann kann man ihn auch nicht mehr richtig erziehen!«
Sie war kein Hund, aber eine Lehrerin, durch und durch. Und Lillis Vater war so konsequent, wie er sich immer vornahm, und blieb hart.
Und schließlich hockte Lilli mit Sneaker auf der Rückbank des Autos. Ihr Vater fuhr und Frau Wilhelms saß auf dem Beifahrersitz.
Lilli streichelte Sneaker. Der Hund war brav und bellte überhaupt nicht. Aber das interessiert die da vorne natürlich kein bisschen, dachte Lilli wütend.

Kurz bevor sie den Schrottplatz erreichten, hielt Lillis Vater an.

»Du bleibst hier«, sagte er zu Lilli, schnappte sich Sneakers Leine und ging Richtung Schrottplatz.

Frau Wilhelms folgte ihm mit etwas Abstand. In den für sie viel zu großen Turnschuhen von Lillis Vater sah sie aus wie ein Clown. Aber Lilli war nicht zum Lachen zumute.

Ihr Vater redete mit Herrn Randolf und übergab ihm den Hund. Er und Frau Wilhelms stiegen wieder ins Auto.

»Es tut mir leid«, sagte Lillis Vater.

Frau Wilhelms reichte Lilli ein Taschentuch.

»Ich hab gesagt, wir hätten den Hund an der Uferstraße aufgelesen.« Lillis Vater steckte den Schlüssel ins Zündschloss. »Ich will nie mehr für dich lügen müssen, Lilli, klar?!«

Durch ihren Tränenschleier sah Lilli, wie Herr Randolf Sneaker an der Leine in sein Büro schleifte.

»Wieso fährst du nicht los, Stefan?«, fragte Frau Wilhelms. Aber er schien sie gar nicht zu hören. Lillis Vater starrte wie in Trance aus dem Fenster.

Er hatte die *Mylady* entdeckt.

»Was ist denn?«, fragte Frau Wilhelms irritiert.

»Ach nichts.« Lillis Vater zeigte auf das Schiff. »Toller Kahn. Als ich in der Schreinerlehre war, da hab ich immer davon geträumt, eines Tages so ein Schiff zu bauen.« Er startete den Motor.

Daheim machten es sich Lillis Vater und Frau Wilhelms im Wohnzimmer mit den Chippendale-Büchern aus dem Antiquariat bequem.
Lilli hockte draußen bei Bussi und Birdie im Gewächshaus und flocht aus Gräsern einen kleinen Kranz für Bibis Grab.

»Ist mir schlecht«, stöhnte Very und nahm sich eine weitere von Bobs Geburtstagspralinen.
»Mir auch.« Lilli aß ebenfalls noch eine.
»Und mir erst.« In Bobs Mund verschwanden die letzten beiden Pralinen aus der Riesenschachtel.
Lilli lehnte sich im Schneidersitz an die Ecke vom Gewächshaus. Very hob Birdie aus dem Brutkasten und gab ihr das Küken. In Lillis über die Knie gespanntem T-Shirt streckte Birdie seine Flügelchen, als wollte es fliegen. Lilli streichelte über seinen gelben Flaum. Von der Straße her hörte man einen Hund bellen und sofort musste Lilli wieder an Sneaker denken. Es waren inzwischen drei Tage vergangen, seit sie ihn hatte hergeben müssen.
Bob legte ihren Arm in den Brutkasten und Bussi schlüpfte in den ausgeleierten Ärmel von Bobs Pulli. »He, Bussi, das kitzelt!«
Mit ihrem neuen Handy machte Very ein Foto von Birdie in Lillis T-Shirt und eins von Bussi in Bobs Ärmel, auf dem man Bussi zwar nicht sehen konnte, aber Bobs glückliches Gesicht.

Mit Verys Handy hatte Lilli gestern auch bei Kalle Randolf angerufen. Natürlich mit verstellter Stimme und unter falschem Namen. »Hier spricht Huberta Cicero.«

»Huberta wer?«, hatte es aus dem Handy gedröhnt.

»Ich wollte nur nachfragen, ob die *Mylady* noch zum Verkauf steht und was sie kostet.«

Birdie purzelte in Lillis T-Shirt herum. Lilli formte mit den Händen eine Höhle und Birdie kroch hinein.

Vorgestern in der Schule hatte Ole Lilli das Gefühl gegeben, dass alles nur ihre Schuld gewesen sei und Sneaker noch in Sicherheit wäre, wenn sich gleich die *Grottenolme* um ihn gekümmert hätten. Dieser Blödmann, dachte Lilli. Damit war die Zusammenarbeit zwischen den beiden Banden natürlich beendet. Ein für alle Mal.

»Also, Very«, fragte Lilli, »was steht auf unserer Liste?«

»Kükenfutter, Tee – in Klammern Dschungelfeuer –, Sonnencreme, Schokorosinen und …«

»Nicht die Einkaufsliste«, unterbrach Lilli. »Die geheime Bandenliste!« Neugierig steckte Birdie seinen Kopf zwischen Lillis Fingern hindurch.

»Aktionsplan Mylady«, las Very vor. *»Phase eins: GELD, Phase zwei: ANKERPLATZ, Phase drei: STEFAN HOLLER.«* Very öffnete die Schatztruhe und legte den Zettel zurück zu der Münze, der Spielkarte und dem Blechküken.

»Phase drei wird der schwerste Brocken.« Zwischen ihren Handflächen konnte Lilli die bereits wachsenden Flügelfedern von Birdie spüren.

»Also Geld, das ist echt keine Sache«, sagte Very. »Ich kann euren Anteil übernehmen.«

»Das ist voll nett von dir, aber darum geht es nicht.« Bob schüttelte Bussi aus ihrem Ärmel und setzte das Küken wieder in den Brutkasten.

»Ich weiß«, sagte Very. »Keine alleine, alle oder keine!«

Tatsächlich sollte sich Phase drei des Aktionsplans *Mylady* als die härteste Nuss erweisen. Dafür flutschten die ersten beiden Phasen fast wie von allein.

Lilli, Bob und Very hatten in der Küche der Eisdiele schier unendliche Mengen von Eiscreme gemischt. Natürlich streng nach ihrem Liebesrezept. Die Nonna war mit den roten *Zafferano*-Fäden spendabel, und Giulia hockte daneben, nahm abwechselnd einen Löffel Eis und knutschte mit ihrem neuen Freund.

»Das Amoretto-Eis ist ein richtiger Kassenschlager«, freute sich Bobs Mama, die mit Siegis kleinem Fahrrad in der einen und Siegi an der anderen Hand reinkam. Siegi quengelte, weil er weiter Rad fahren wollte. »Siegi Snellfahrer …« Aber seine Mutter schüttelte den Kopf und erklärte den Eismacherinnen: »Er fährt draußen dauernd Slalom um die Tische.« Sie probierte einen Löffel von der neuesten Amoretto-Mischung. »Zusätzlich zu dem Liebeseffekt schmeckt es auch noch köstlich!« Sie schnalzte mit der Zunge. »Was haltet ihr davon, wenn wir euch das Rezept abkaufen?« Bobs Mutter blickte zu der Nonna, die in ihrem Sessel döste.

»Also Nonna Paola und ich?«

»Tja, Frau Wilhelms …« Very presste die Lippen aufeinander und sah ihrem Großvater auf einmal ungeheuer ähnlich. »Um ehrlich zu sein, halten wir eine Umsatzbeteiligung für deutlich lukrativer, auf lange Sicht.«

»Quatsch.« Lilli kippte Zucker in die Eismaschine. »Uns ist schnelles Geld lieber. An wie viel hätten Sie denn gedacht?«

»Drei Schiffsanteile«, antwortete Bobs Mutter und wandte sich an Bob. »Da ist dein Geburtstagsgeschenk mit drin. Und ihr macht die Vertretung an Gelatinos freiem Tag.«

Lilli konnte es nicht fassen. Das Angebot war natürlich super, aber es zeigte auch, dass Bobs Mutter schon über alles Bescheid wusste. Bob hatte also bereits das ganze Geheimnis ausgeplaudert.

»Ich hab Mama davon erzählt, weil … ich meine … irgendwann …« Bob wurde immer kleinlauter.

»Keine Sorge, bei mir ist euer Geheimnis gut aufgehoben.« Bobs Mutter strich Bob über die kurzen Haare. »Wir erlauben das alles natürlich nur, wenn auch die anderen Eltern ihre Einwilligung geben.«

»Welches Geheimnis?« Siegi bohrte in der Nase. »Das mit dem Siff?«

»Ja, Siegi, das mit dem Schiff«, meldete sich die Nonna zu Wort. Sie erhob sich aus ihrem Sessel. »Seid ihr mit dem Preis einverstanden?« Sie streckte Lilli die Hand hin und Lilli schlug ein.

Giulia applaudierte. »Na dann, Schiff ahoi, Myladys!«

Den ganzen Donnerstagnachmittag standen die *Wilden Küken* hinter der Eistheke der Cantarellas und verkauften tausendundeine Eiscremekugel. Alle drei trugen schwarze Hosen und weiße Blusen und hatten sich die Haare nach hinten gekämmt. Geschickt schwangen die Mini-Gelatinos ihre Eisportionierer und jonglierten mit Waffeltüten. Bei strahlendem Sonnenschein klingelte es nur so in der Kasse der Eisdiele. Lilli überlegte ab und zu, ob Ole wohl vorbeikäme. Aber es kam nur Mitch. Very türmte extra viel Eis in seine Waffel. »Wie geht es deinem Vater?«
»Es geht ihm schon besser. Am Wochenende darf er wieder nach Hause.« Mitch probierte das Eis. »Ist das Pfirsich?«
»Ja«, sagte Very. Dabei war es eindeutig Amoretto.

Den Freitagnachmittag verbrachten die *Wilden Küken* im Wohnzimmer der Graefes. Der riesige Raum war lichtdurchflutet und fast leer. An den Wänden hingen Gemälde, bei denen man nicht sagen konnte, wo oben oder unten war. Lilli fragte sich, ob das wohl hinten draufstand oder ob Verys Eltern einfach wussten, wie man sie aufhängen musste. Vielleicht war es ihnen auch egal.
Auf dem Olivenholzboden lagen unzählige Fotos und Zeitungsausschnitte, bis in den gläsernen Erker hinein.
»Wenn ihr hier so raschelt, kann ich kein einziges Chakra öffnen!« Verys Mutter Ilona saß im Lotossitz auf dem weißen Teppich mitten im Raum. Der Teppich war garantiert so groß wie das ganze Wohnzimmer von Lilli und ihrem

Vater. Ein bisschen sah es so aus, als würde Verys Mutter auf einem fliegenden Teppich sitzen. Sie hatte ihre Augen geschlossen und ihr Oberkörper wankte leicht hin und her. Ihre Hände ruhten auf ihren eingewinkelten Knien und ihre Finger schienen etwas sehr Zerbrechliches festzuhalten.
Ilona entknotete sich. »Aber trotzdem schön, dass ihr Verenas Opa bei seiner Firmenchronik helft!« Frau Graefe ging die Treppe nach oben. »Er müsste sowieso jeden Moment vom Golf zurückkommen.«
Hinter der Treppe konnte Lilli durch eine Schiebetür in die Küche der Graefes sehen. Ihr Vater hatte mal gesagt, die Küche von Verys Eltern habe mehr gekostet, als er in einem ganzen Jahr verdient. Lilli fand so was ungerecht. Wieso konnten nicht alle gleich viel Geld haben? Am besten genau so viel, wie sie und ihr Vater hatten. Dann gäbe es keine Reichen, aber auch keine Armen mehr.
Bob legte einen Zeitungsausschnitt auf einen der unzähligen Stapel. Very kippte eine neue Schachtel mit Fotos aus und Lilli suchte einen Werbeprospekt für Hinsgen-Küchen nach dem Datum ab.
Drei Stunden später lag kein einziger Zeitungsausschnitt mehr herum, kein Foto und kein Prospekt. Dafür türmten sich fein säuberlich beschriftete Schachteln entlang der Wand mit den Gemälden. Opa Hinsgen war begeistert.
Und als Very sagte: »Opa, es geht um deine Wiese und den Weiher …«, ließ er sie gar nicht ausreden.
»Ich hab vorhin mit Bobbinas Vater telefoniert. Er wollte

sich noch mal für den Job bedanken, den ich ihm vermittelt hab.« Opa Hinsgen strich sich über die grauen Bartstoppeln in seinem schmalen Gesicht. »Meinetwegen könnt ihr euren Kahn dort hinschaffen. Aber nur, wenn auch Stefan einverstanden ist.«

»Nein, Lilli. Nein!« Lillis Vater schüttelte den Kopf. »Wie stellst du dir das denn vor? Das ist eine Heidenarbeit, so ein Schiff wieder auf Vordermann zu kriegen.«

»Du müsstest es nur transportieren«, bettelte Lilli.

»Mein Anhänger ist für so eine Last nicht zugelassen.« Ihr Vater breitete eine neue Tischdecke über den Küchentisch. »Und mit dem Transport ist es ja nicht getan.«

»Wenn das Schiff erst auf der Wiese von Verys Opa steht, dann können wir das dort doch in aller Ruhe herrichten.«

Aber sosehr Lilli sich auch ins Zeug legte, ihr Vater blieb bei seinem Nein.

Am nächsten Morgen unternahm Lilli gleich beim Frühstück einen neuen Versuch. Mit einer neuen Strategie. »Wir würden lernen, selbstständig zu arbeiten.«

»Nein!« Lillis Vater schnitt ein Brötchen durch und reichte die obere Hälfte Frau Wilhelms.

»Und Verantwortung übernehmen, das würden wir auch lernen, und wir wären von der Straße weg.«

Frau Wilhelms schien zu schmunzeln.

»Von der Straße weg, von der Straße weg«, wiederholte ihr

Vater. »Ihr seid ja sowieso nicht auf der Straße. Ihr trefft euch doch entweder hier oder in der Eisdiele.«
»Noch«, drohte Lilli. »Ich kenne viele Jugendliche, die sich rumtreiben. Weil sie keine sinnvolle Aufgabe haben.«
»Guter Versuch!« Jetzt musste auch Lillis Vater grinsen.
»Und auf dem Weiher, da kann nichts passieren. Sinken kann die *Mylady* nicht, dafür ist er viel zu seicht. Und wir können alle drei schwimmen. Very hat sogar irgend so ein Abzeichen.«
»Vergiss es!« Lillis Vater schüttelte den Kopf.
»Aber die anderen Eltern würden es erlauben.« Lilli blickte zu Frau Wilhelms. Die hob nur abwehrend die Hände und sagte mit vollem Mund: »Also, ich halt mich da raus.«
»Papa, bitte!«, flehte Lilli. »Dann könntest du auch dein Gewächshaus wiederhaben und jederzeit Knochenleim kochen!«
»Nein! Wir kaufen kein baufälliges Schiff und wir schleppen es nicht auf die Hinsgen-Wiese und Ende der Diskussion.« Ihr Vater schlug mit der flachen Hand auf den Tisch. Lilli schlug ebenfalls mit der flachen Hand auf den Tisch und rannte raus.
Nicht mal als sie Birdie und Bussi einen Wiesenspaziergang erlaubte, wurde ihre Laune besser. Auch wenn es noch so niedlich aussah, wie die beiden Küken durchs Gras staksten.
Heute war Samstag und Lillis Vater arbeitete nicht in seiner Werkstatt. Lilli starrte auf das Schild über der Tür: *Schreine-*

rei Stefan Holler. Schreinerei Holzkopf sollte da stehen. Papa war so ein Dickschädel. Aber Lilli auch.
Gleich nach dem Mittagessen stibitzte sie sich den Werkstattschlüssel vom Schlüsselbrett.
Lilli sägte Bretter, klebte sie mit wasserfestem Holzleim zusammen und spannte sie zwischen Schraubzwingen. Als sie ein weiteres Brett zurechtsägte, steckte ihr Vater den Kopf zur Werkstatttür herein. »Sag mal, was machst du denn da?«
»Das darf ich doch, in deiner Werkstatt arbeiten.« Lillis Stimme war voller Vorwurf. »Hast du selbst gesagt. Solange ich keine Maschinen einschalte.«
»Ja, klar.« Lillis Vater drehte an den Schraubzwingen, bis etwas Leim zwischen den Brettern hervorquoll. »Achte darauf, dass du die Einzelteile immer quer zur Maserung verleimst.«
Ein paar Stunden ließ Lilli ihr Werkstück trocknen. In der Zeit mistete sie den Brutkasten der Küken aus und säuberte den Freilauf. Dann arbeitete sie in der Werkstatt weiter. Sie raspelte und raspelte und Lillis Arme wurden immer schwerer.
Ihr Vater kam und sah nach ihr. »Willst du nicht morgen weitermachen?«
Lilli schüttelte den Kopf. Beim Rausgehen schaltete er die Werkstattbeleuchtung an.
Als Lilli endlich die grobe Form hatte, nahm sie eine etwas feinere Raspel.

»Lilli, es ist längst Bettgehzeit.« Ihr Vater stand schon wieder in der Werkstatttür.
»Na und!« Lilli raspelte weiter. »Morgen ist keine Schule!«
»Was wird das denn überhaupt?«
»Eine Galionsfigur!«, sagte Lilli. Ihre Hand lag auf dem rauen Holz.
»Vergiss es, Lilli. Ich bleib bei meiner Entscheidung.« Ihr Vater knallte die Tür zu.
»Mit so was verziert man den Bug eines Schiffes«, rief Lilli ihm hinterher.
Durchs Werkstattfenster sah sie, wie ihr Vater wütend zum Haus stapfte. Kurz darauf ging das Licht im Wohnzimmer aus. Das rote Auto stand noch immer in der Einfahrt.
Lilli ging vom Raspeln zum Feilen über und schließlich kam das Schwierigste. Das Schnitzen. Erst klopfte sie mit dem Hammer auf das Stemmeisen und stach große Späne ab, dann grub sie mit dem Hohlbeitel Vertiefungen ins Holz. Lilli konnte kaum mehr die Augen offen halten, aber sie schnitzte weiter und weiter. Bis erneut die Tür aufging.
In seiner kurzen Schlafhose stand Lillis Vater vor ihr. »Du hast gewonnen. Ich helfe euch mit dem Schiff.«
Lilli fiel ihm um den Hals und wäre am liebsten auf der Stelle in seinen Armen eingeschlafen, so müde war sie.
Ihr Vater setzte Lilli in die Kiste mit den Sägespänen und bewunderte die Galionsfigur. »Die ist ja wirklich toll geworden!«
Er stellte Lillis Werk auf die Hobelbank und schaltete seine

zusätzliche Arbeitslampe ein. Langsam fuhr er mit der Hand über die ausgebreiteten Flügel und den Kopf der Galionsfigur.

»Es ist ein Huhn, das fliegen kann!«, murmelte Lilli noch, dann klappten ihr die Augenlider zu.

Birdie und Bussi hüpfen im Gras herum wie zwei gelbe Tennisbälle. Sie hatten jeden Tag ein paar Gramm zugelegt und wogen jetzt zusammen 225 Gramm. Birdie 110 und Bussi 115 Gramm. Lilli, Bob und Very notierten alles im Bandenbuch und klebten die beim ersten Federwechsel verlorenen Kükenfedern daneben. Den meisten Spaß hatten Bussi und Birdie, wenn sie auf der Wiese rumtollen durften. Immer, wenn die Sonne zwischen den Wolken durchkam, legten sie sich auf den Rücken, reckten ihre Schnäbelchen in den Himmel und sonnten sich. Das sah so niedlich aus, dass die Mädchen ganz still wurden vor Glück. Ohne Bussi und Birdie wäre die Schulwoche wohl überhaupt nicht vergangen. Die Zeit wälzte sich so träge dahin, dass Lilli schon dachte, es würde nie mehr Freitag. Aber jetzt war es so weit.
Lillis Vater hatte mit Herrn Randolf telefoniert, sich von einem Kollegen einen größeren Anhänger ausgeliehen und alle zusammengetrommelt. Und jetzt standen etliche Männer und drei *Wilde Küken* um die *Mylady* herum.
Der arme Sneaker, der wieder zu Pascha geworden war, bellte und zerrte an seiner Kette.

Randolf kam mit einem Vorschlaghammer aus dem Schuppen. Er versetzte dem Hund einen Fußtritt. Das Bellen wurde zu einem leisen Winseln. Im Scherz schwang Randolf den Hammer über dem Kopf des Hundes. Lilli war drauf und dran, hinzurennen und Randolf ihre ganze Wut und Verachtung ins Gesicht zu schreien, aber Bob hielt sie am Arm fest. »Konzentrier dich auf das Schiff.«

Die *Küken*, Opa Hinsgen und Verys Vater umklammerten Seile, die an der *Mylady* festgebunden waren. Vier Kumpel von Randolf standen neben den Schlaufen der Hebeseile, die quer unter dem Bug der *Mylady* lagen. Lillis Papa und Jens Wilhelms hatten eine Rampe gebaut, die sich jetzt zwischen dem Schiff und dem Anhänger befand.

Noch war das Schiff seitlich mit Pfählen abgestützt, aber die Leiter war entfernt worden und auch das ganze Gerümpel aus dem Bauch des Schiffes. Die kaputte Einrichtung der Kombüse, aller beweglicher Kram und die vermoderten Seile lagen auf einem Haufen vor dem Schuppen.

Randolf trank einen letzten Schluck aus seiner Bierdose, zerquetschte die Dose mit der Hand und rülpste. »Achtung, Mädels!«

Randolf nannte auch die Männer Mädels. Hartmut und Jens, die Väter von Very und Bob, warfen sich Blicke zu. Randolfs Kumpel spannten die Hebeseile, Randolf machte ein paar Testschwünge mit dem Vorschlaghammer und schlug dann die erste Stütze weg. »Also dann, volle Kraft voraus!« Randolfs Hammer traf die zweite Stütze.

Lilli, Bob und Very zogen an ihren Seilen. Randolfs Kumpel ächzten. Opa Hinsgen und Hartmut legten sich ebenfalls ins Zeug. »Das ist ehrliche Arbeit, was, Schwiegersohn?« Opa Hinsgens Stimme klang gepresst. Sein Kopf war knallrot.
»Tja, anders als auf dem Golfplatz, was, Schwiegervater?« Hartmut wickelte sich das Seil um den Arm und zog.
Randolf schlug die letzte Stütze weg.
Es war, als würde ein Aufatmen durch die *Mylady* gehen. Lillis Herz klopfte wie wild. Das war ihr Schiff. Das Schiff der *Wilden Küken.*
Lillis Vater stand auf dem Anhänger und dirigierte die Männer. Alle hörten auf sein Kommando. »Mehr nach links … Zu mir … Und jetzt gleichzeitig: hau ruck …« Randolf ließ den Hammer fallen und stemmte sich neben Jens gegen das Heck.
»Langsam und gleichmäßig«, rief Lillis Vater. »Und jetzt: hau ruck!«
Das Schiff glitt ganz langsam über die leicht abschüssige Rampe auf den Anhänger.
Sneaker bellte aufgeregt, die Männer schwitzten, die *Küken* zogen und fühlten, wie ihre Kraft dazu beitrug, das Schiff zu bewegen.
Lilli hätte nicht sagen können, ob es nur ein paar Minuten oder eine ganze Stunde gedauert hatte, aber schließlich war es geschafft. Die *Mylady* stand fest vertäut auf dem Anhänger.
Die Männer wischten sich den Schweiß von der Stirn.

»Gute Arbeit«, sagte Lillis Vater. Alle nickten und redeten durcheinander, wie schwer es war, die Schlaufen zu halten, wie sehr die Seile in die Hände geschnitten und wie tief die Füße sich in den Boden gegraben hatten. Dabei klopften sie Lillis Vater auf die Schulter. Er hatte sie angeleitet und gemeinsam hatten sie es geschafft. Opa Hinsgen und Hartmut lachten über ihre roten Gesichter und tätschelten gleichzeitig den Rumpf des Schiffes.

Als die meisten schon wieder in die Autos stiegen, ging Lilli zu Sneaker hinüber und streichelte ihn. Er sah sie so traurig an, dass es ihr fast nicht gelang, sich an Bobs Rat zu halten und an nichts anderes als an das Schiff zu denken. Lillis Vater gab Herrn Randolf das Kuvert mit dem selbstverdienten Geld der *Wilden Küken*.

Lilli kletterte zu ihren Freundinnen auf die Rückbank. Bobs Vater, der auf dem Beifahrersitz saß, zeigte nach hinten Richtung Anhänger. »Da habt ihr drei aber jede Menge Arbeit im Schlepptau.«

Lillis Vater startete den Motor, und im Schneckentempo schleppten sie die *Mylady* erst auf die Uferstraße, dann ein paar Kilometer am Fluß entlang und schließlich über den Feldweg bis zur Weiherwiese.

Alle halfen mit. Giulia und ihr Freund waren noch gekommen und hatten Bobs Mutter, die Nonna und Gelatino mitgebracht. Die Nonna saß auf einem Klappstuhl am Ufer und schaute zu, wie langsam das Gerüst aus Balken wuchs und

wie Jung und Alt das Schiff dann gemeinsam vom Anhänger hinüber auf das Gerüst schoben.
Die Sonne berührte schon die Wipfel des Keltenwaldes, als alle nach Hause fuhren. Im Bauch des Schiffes verstaut waren mehrere Kisten mit Werkzeug, das hauptsächlich aus der Schreinerei stammte und auf seinen Einsatz am nächsten Morgen wartete.

Lilli schlief mit dem Gedanken an Sneaker ein und erwachte mit dem Gedanken an die *Mylady*.
Heute ging es endlich los. Die *Wilden Küken* hatten sich schon ganz früh verabredet und radelten an noch samstäglich verschlafenen Häusern vorbei zur Weiherwiese.
Wie ein Wunder stand das Schiff kaum zwei Meter vom Ufer des Weihers entfernt im Gras. Als wäre die ganze Wiese früher ein Meer gewesen, von dem inzwischen nur noch ein Weiher übrig war.
»Wie die Arche nach der Sintflut«, sagte Bob andächtig.
»Ziemlich kleine Arche.« Very zog die Träger ihrer neuen Latzhose straffer. »Nicht mal halb so groß wie der Steg.«
Lilli kletterte an Bord und verteilte Werkzeug.
Als Erstes mussten sie den alten Lack abschaben. Dann morsche Teile durch neues Holz ersetzen. Dabei würde ihnen Lillis Vater helfen. Und am Schluss musste das Schiff neu bemalt werden. Lilli war für klaren Lack, weil ihr das alte Holz gefiel. Dort, wo die blanken Teile zu sehen waren, hatte es den warmen Farbton von Honig. Bob wollte Blau

und Very bestand auf Gelb. Also beschlossen sie, den Schiffsrumpf klar zu lackieren, die Aufbauten blau und alle Randleisten und Kleinteile gelb. Lilli telefonierte kurz mit ihrem Vater und dann machten sich die *Küken* an die Arbeit.
Nachdem sie ein paar Stunden geschuftet hatten, lagen auf der Wiese ausgebreitet alle abmontierten Teile zum Schleifen und Lackieren bereit. Und daneben stapelten sich Farbeimer. Blau, Gelb und Klarlack. Die hatte Lillis Vater mitgebracht, sowie zusätzliches Werkzeug.
Während Very schon fleißig gelbe Farbe verteilte und Bob die Tür der kleinen Kajüte blau bemalte, waren Lilli und ihr Vater unter Deck. Er klopfte den Boden der *Mylady* ab und nickte zufrieden. »Die Bohlen sind wohl noch gar nicht so alt. Überhaupt nicht morsch. Wahrscheinlich ist es noch gar nicht so lange her, dass der Schiffsboden erneuert wurde.« Auch mit den Seitenwänden war er zufrieden. »Es sind nur Kleinigkeiten. Die Rahmen der Bullaugen, die Geländer, die Wand zur Kombüse. Die könnten wir einfach rausreißen, dann wäre der ganze Schiffsbauch ein Raum. Da könnt ihr Hängematten aufhängen und hier, wo ursprünglich mal der Motor war, bauen wir einen Kasten drüber …« Ihr Vater redete weiter, aber Lilli hörte ihm nicht mehr richtig zu, sondern horchte auf die Stimmen draußen. Das waren Ole, Little und Mitch. Lilli kletterte die Schiffstreppe hoch durch die Luke an Deck.
Die Räder der *Grottenolme* lagen im Gras und Little und Mitch redeten auf der Wiese mit Very.

Ole stand an Deck ganz vorne am Bug und stieß mit dem Fuß gegen die Reling. Eine Leiste ging splitternd zu Bruch. »Sag ich doch, total baufällig!«

»Ich dachte, du findest den Kahn total cool«, rief Mitch nach oben.

Ole griff sich ein Stück Rundholz, das zum Ausbessern bereitlag, und klopfte damit prüfend gegen die Reling.

Little zeigte auf einen offen stehenden Farbeimer. »Das ist ein angenehmer Farbton. Blau beruhigt.«

»Ich find das Gelb schön.« Mitch lächelte Very an. »Vorsicht, du tropfst.«

Very streifte ihren Pinsel ab und legte ihn über die Farbdose.

Ole kümmerte sich weder um das Blau noch das Gelb, sondern schlug mit dem Rundholz eine weitere Leiste aus der Reling. »Viel Spaß mit dem Schrott, Oberküken!«

»Gute Methode, die morschen Teile zu entfernen.« Lillis Vater kam ebenfalls aus der Luke geklettert. Ole schien nicht mit ihm gerechnet zu haben. Unsicher blickte er zu den anderen *Grottenolmen*.

Lillis Vater hielt Ole eine Säge hin. »Ihr könnt ruhig mit anpacken, Jungs.«

Ole schüttelte den Kopf, stapfte an Lilli vorbei und kletterte die Leiter runter.

Mitch, der sich schon einen Pinsel genommen und ihn in die gelbe Farbe getaucht hatte, stand unentschlossen da.

»Du tropfst«, sagte Very.

»Hey, Boss … jetzt warte doch«, rief Mitch Ole nach.

Lilli stieg auf die Reling. »Ole!«

Ole blieb stehen.

»Wir könnten hier echt Hilfe gebrauchen!«, rief Lilli.

Ole drehte sich um. »Meinetwegen.«

Und dann packten tatsächlich alle mit an. Mitch half Very mit der gelben Farbe. Little half Bob mit der blauen. Anscheinend hatte die Farbe wirklich eine beruhigende Wirkung auf ihn, denn Little pinselte dermaßen langsam, dass man glaubte, er würde gleich einschlafen.

Ole und Lilli knöpften sich gemeinsam die Leisten der Reling vor. Lilli passte gekonnt ein Stück Rundholz ein, während Ole seine Mühe mit der Säge hatte. Immer wieder verklemmte sich das Sägeblatt. Lilli nahm ihm die Säge aus der Hand. »Nicht zu viel Druck. So …« Gleichmäßig schob und zog Lilli die Säge vor und zurück. Das Sägemehl schwebte zu Boden.

»Hey, Boss«, rief Mitch. »Lilli hat es echt drauf.«

»Mein Dad ist schließlich Schreiner.« Lilli reichte Ole das abgesägte Stück.

Lillis Vater hobelte am Heck des Schiffes ein Brett zurecht und winkte.

Am Abend hatten sie schon viel erreicht. In der Reling steckten vierundzwanzig neue Leisten. Lillis Vater hatte die Schiffstreppe und die Luke ausgebessert. Die Kajüte strahlte blauer als der Abendhimmel und eine Unzahl von gelben Kleinteilen lag zum Trocknen auf der Wiese verstreut.

Lilli begleitete die drei *Grottenolme* noch bis zu ihren Fahrrädern. »Also bis morgen dann?«

»Eher nicht.« Ole schwang sich auf sein Rad. »Ich denke, du und dein toller Dad, ihr schafft das auch ohne uns.«

Mit enttäuschten Gesichtern radelten ihm die beiden anderen *Olme* hinterher.

Am Sonntagmorgen kamen die *Grottenolme* dann doch. Die *Wilden Küken* hatten noch keine Stunde an der *Mylady* gearbeitet, da kreuzten Ole, Little und Mitch wieder auf. Gemeinsam schraubten sie die inzwischen getrockneten gelben Latten, Leisten und Rahmen fest.

Und auch an jedem der nächsten Nachmittage trafen sich die *Küken* und die *Olme* am Weiher. Und jedes Mal freute sich Lilli auf die Arbeit, auf das Schiff und ein bisschen auch auf Ole, obwohl der an allem was auszusetzen hatte und immer nur rummäkelte. Von Tag zu Tag glich das Schiff mehr dem Bild, das die *Küken* in ihren Köpfen hatten, und es gab kaum noch Flächen, die nicht blau, gelb oder honigfarben strahlten.

Am Donnerstagnachmittag war auch Lillis Vater wieder mit von der Partie. Die *Wilden Küken* und er fuhren gemeinsam mit dem Auto zu Opa Hinsgens Grundstück. Die ganze Fahrt über war Lilli aufgeregt, was Bob und Very wohl zu ihrer Überraschung sagen würden, die unter einer Decke hinten im Kofferraum lag.

Kaum hatte ihr Vater den Motor abgestellt, sprang Lilli

aus dem Auto, öffnete den Kofferraum und zog die Decke weg.

»Wow, was ist das denn!«, rief Bob. »Ein Huhn!«

Lilli strich stolz über ihr Werk. »Unsere Galionsfigur!«

»Die hast du doch nicht wirklich allein gemacht, oder?«, staunte Very.

Während sie das hölzerne Huhn mit den ausgebreiteten Flügeln zum Schiff schleppten, kamen die *Grottenolme* angeradelt.

»Was ist das denn für ein Gänsegeier?«, fragte Ole.

»Echt cool, der Flattermann!« Mitch ließ sein Rad ins Gras fallen und strich bewundernd über das Galionshuhn. »Dagegen kann unser Olm echt nicht anstinken.«

»Wenn ihr wollt, können wir es gemeinsam bemalen«, schlug Lilli vor.

»Aye, aye, Oberküken.« Mitch half Lilli, die Kiste mit den Farben aus dem Auto zu holen.

Lillis Vater arbeitete unter Deck an den Rahmen der Bullaugen weiter, während *Küken* und *Olme* die Galionsfigur bemalten. Es wurde ein sehr buntes Huhn.

Lilli wusch gerade den Pinsel aus, mit dem sie den Kamm des Huhns rot bemalt hatte, da bemerkte sie, dass Ole verschwunden war. Suchend schaute sie sich um. Mitch stand mit hochgekrempelten Hosenbeinen im Weiher und jagte den kleinen Fischen nach, die dort im seichten Wasser hin und her huschten.

Dann entdeckte sie Little. Er bemalte den Steg mit dem Rest

des blauen Lacks. Anscheinend hatte es ihm so viel Spaß gemacht, dass er gar nicht mehr aufhören konnte. Seltsamerweise ließ er immer eine Planke frei und bemalte nur jede zweite.

»Hast du Ole gesehen?«, fragte sie Little.

»Der ist gegangen.« Littles Zungenspitze berührte seine Oberlippe. Konzentriert führte er den Pinsel. »Aber er hat gesagt, Mitch und ich können ruhig noch hierbleiben.«

Niemand bemerkte, wie Lilli sich davonschlich.

Lilli lief zum Wald, dann an der Müllhalde vorbei den Abhang runter, sprang über den Schlangenbach und rannte weiter bis zum Keltenbuckel. Gegen den bemoosten Fels gelehnt, verschnaufte sie und beobachtete die *Olm*-Grotte. Nichts regte sich dort. Vielleicht hatte sie sich doch geirrt. Leise pirschte sich Lilli näher und spähte durch die Palisaden.

Auf dem Klapptisch vor der Bretterhütte lag ein großes aus Hasendraht geformtes Reptil, das wohl einen Olm darstellen sollte. Ole tauchte eine Gipsbinde in einen Wassereimer und wickelte sie um den Draht. Von seinen Händen tropfte weißer Gips.

Lilli rührte sich nicht.

Ole tauchte immer neue Gipsbinden in den Eimer und schlang sie um den Olm. Aber unter der Last des nassen Gipsgewebes sank das Drahtgerüst in sich zusammen, als würde dem Olm die Luft rausgelassen.

Lilli wagte nicht zu atmen, und auch Ole schien kurz wie erstarrt, aber dann stieß er wütend den Tisch um. Der unfertige Olm platschte auf den Boden und Ole trampelte auf ihm herum. Gipstropfen spritzten umher, und es sah aus, als wäre es in einem kleinen Kreis um Ole herum schlagartig Winter geworden. Plötzlich hielt Ole inne und stand mit hängenden Armen im weißen Matsch. Lilli konnte sein Gesicht nicht sehen, aber sie wusste, dass er weinte.

So leise sie konnte, schlich sie sich davon.

Zurück am Weiher, hockte sie sich ans Ufer und starrte ins Wasser. Sie berührte die Hühnerfeder um ihren Hals, und ein bisschen fühlte sie sich so wie damals auf der Brücke, als sie die Feder in den Fluss werfen wollte.

Das Lachen von Mitch riss sie aus ihren Gedanken.

»Hey, Lilli«, rief er vom Deck der *Mylady* aus. »Was machst du denn da?«

»Ich brauchte nur eine Verschnaufpause«, sagte Lilli, kletterte wieder an Bord und lackierte schweigsam den letzten Rest der Reling.

Als es Abend wurde, war alles fertig. Sogar das Galionshuhn hing am Bugspriet der *Mylady*, und es sah wirklich aus, als würde es fliegen.

Der ganze Steg war blau gestreift. Little hatte die gesamte blaue Farbe aufgebraucht, sie hatte auf den Tropfen genau für jede zweite Stegplanke gereicht.

Lilli lud Mitch und Little beim Abschied zur Schiffstaufe ein. »Am Samstag, nicht vergessen! Und bringt Ole mit!«

»Bis übermorgen«, rief Mitch, und die beiden radelten davon.
Die *Wilden Küken* räumten noch auf.
»Wir haben das hier vergessen. Es lag unter den Holzresten«, sagte Bob und hielt das Namensschild der *Mylady* hoch. Sie hatten es abgeschraubt, um die Außenwand besser lackieren zu können. Das Rot der Buchstaben war schon fast ganz verblichen.
Very öffnete die kleine rote Farbbüchse, tunkte den Pinsel ein und zog das *M* von *Mylady* nach. »Sieht doch schon viel besser aus.«
»Eigentlich sollten wir dem Schiff einen neuen Namen geben«, schlug Bob vor. »Zum Beispiel Gänsegeier.« Sie lachte. »War nur Spaß. Oder Schnepfe oder Küken drei.«
»Zu spät«, moserte Very. »Jetzt hab ich schon das *M* und das *Y* fertig.«
»M«, murmelte Lilli, »und Y … Ich weiß, wie wir es nennen!«
Obwohl es noch nicht trocken war, schraubten sie das Namensschild mit dem neuen Namen sofort am Schiffsrumpf fest. Die Farbe war ein bisschen verlaufen, und es sah aus, als würden die Buchstaben bluten.
Lilli, ihr Vater, Bob und Very lehnten noch einen Augenblick am Auto und schauten auf das Schiff. Noch lag es auf dem Trockenen, aber schon übermorgen würde es auf den Namen *Mystery* getauft werden und vom Stapel laufen.

Am Freitag kam Frau Wilhelms gleich nach der Schule zum Mittagessen. Dauernd erkundigte sie sich nach dem Schiff. Die Wilhelms konnte so neugierig fragen, wie sie wollte, Lilli lud sie nicht zur Schiffstaufe ein.
Aber die *Wilden Hühner* sollten natürlich dabei sein. Lilli tippte die SMS an Sprotte in ihr Handy und mit jedem Buchstaben wuchs ihre Vorfreude. Was würden Sprotte, Frieda, Trude, Melanie und Wilma für Augen machen! Die *Wilden Hühner* hatten ja nicht die geringste Ahnung, was ihre Schatzkiste den *Wilden Küken* für Abenteuer beschert hatte. Lilli stellte sich vor, wie die *Wilden Hühner* erst die *Mystery* und dann Bussi und Birdie bestaunen würden, als das Klingeln des Telefons sie aus ihren Gedanken riss. Ihr Vater ging ran. Es war einer seiner Kunden, der auf der Baustelle sofort seine Hilfe benötigte.
Also hockte Lilli kurz darauf alleine mit ihrer Lehrerin in der Küche. Toller Freitagnachmittag! Bob musste in der Eisdiele aushelfen und Very war mit ihrer Familie zum Jahresturnier vom Golfclub gefahren. Und die Wilhelms hatte offensichtlich nicht vor, so bald zu verschwinden. Sie las eins der Bücher über Möbel, und Lilli wollte gerade rausgehen und nach Bussi und Birdie sehen, da klingelte das Telefon schon wieder. Einen Augenblick lang war unklar, wer rangehen sollte, dann nahm Frau Wilhelms ab. »Luisa Wilhelms bei Stefan Holler.«
Frau Wilhelms gab Lilli ein Zeichen, zu warten. »Also eine Stunde sind Sie noch da ... Okay, Herr Randolf, dann kom-

me ich das jetzt gleich abholen.« Sie legte auf und wandte sich an Lilli. »Herr Randolf hat in seinem Schuppen noch ein Steuerrad gefunden. Von eurem Schiff. Komm.«

Lilli war noch nie in dem roten Auto mitgefahren. Anders als im Auto ihres Vaters war hier alles ganz ordentlich, da lag keine Wasserwaage auf dem Beifahrersitz, keine Holzspäne bedeckten die Rückbank, keine Konstruktionsskizzen flogen herum. Wohin man blickte, es gab nichts Persönliches, fast als wäre das Auto neu und würde noch niemandem gehören.

Sie redeten die ganze Fahrt lang kein Wort. Nur das Radio dudelte.

An Kalle Randolfs Schrottplatz angekommen, stellte Frau Wilhelms den Motor ab. Schon als Lilli die Autotür aufmachte, bellte Sneaker freudig und zerrte an seiner Kette. Herr Randolf kam aus dem Büro und warf ihm eine leere Bierdose an den Kopf. Sneaker zog den Schwanz ein und verkroch sich unter die Bank.

Frau Wilhelms holte Luft, als wollte sie etwas sagen, streckte Randolf aber dann die Hand hin. »Wir haben vorhin telefoniert.«

Randolf bat sie, kurz zu warten, und verschwand im Schuppen. Unter der Bank heraus schaute Sneaker hoch zu Lilli. Seine Hundeohren zuckten. Lilli hätte ihn so gerne gestreichelt, blieb aber neben Frau Wilhelms stehen.

»Was für schwarze Augen er hat«, sagte Frau Wilhelms. Und dann schauten beide schweigend den Hund an, bis Randolf mit einem kleinen hölzernen Schiffssteuerrad wiederkam. Er legte es auf den Tisch. »Das kostet natürlich extra.« Randolf schob Sneaker grob mit dem Fuß beiseite und setzte sich auf die Bank.

»Es gehört zum Schiff und das hat mein Freund bezahlt!«, sagte Frau Wilhelms mit ihrer Lehrerinnenstimme.

Randolf kratzte sich das stoppelige Kinn. »Aber nur weil ich zu so einer hübschen Frau nicht Nein sagen kann. Schnäpschen gefällig?« Er zog zwei kleine Fläschchen aus seiner Hosentasche und stellte sie auf den Tisch.

Sneaker hatte sich inzwischen aufgerichtet und schnupperte Richtung Lilli. Als die einen Schritt näher kam, rannte er auf sie zu. Seine Kette klirrte, Randolf fasste flink danach und riss Sneaker an der Kette mit solcher Wucht zurück, dass der Hund strauchelte. Randolf stieß ihm mit dem Fuß in die Flanke. »Platz, Pascha.«

Winselnd verdrückte der Hund sich hinter die Mülltonne.

Fast gleichzeitig lief Frau Wilhelms um den Tisch herum, klinkte blitzschnell die Hundeleine von der Kette und drückte sie Lilli in die Hand. »Schaff ihn ins Auto.«

Lilli öffnete die Autotür und Sneaker sprang auf die Rückbank. Lilli drückte die Tür schnell zu.

»He, das ist mein Hund!« Randolf stapfte wütend aufs Auto zu.

»Jetzt nicht mehr.« Frau Wilhelms überholte ihn und stellte sich mit dem Steuerrad in den Händen zwischen ihn und Lilli.

»Das ist Diebstahl!« Randolf richtete seinen Finger bedrohlich auf Frau Wilhelms. »Der Hund gehört mir. Ich rufe die Polizei!«
Frau Wilhelms wippte auf ihren Stöckelschuhen. »Tun Sie das ruhig. Dann hetze ich Ihnen und Ihrer Klitsche hier das Finanzamt auf den Hals, den Tierschutzverein, das Gewerbeaufsichtsamt und das Bundesamt für … für Strontium!«
Randolf schluckte.
Frau Wilhelms warf das Steuerrad auf den Beifahrersitz, Lilli sprang auf die Rückbank zu Sneaker und schon brausten sie die Auffahrt hinunter.
Sneaker drückte seine Schnauze in Lillis Ellbogen, als wollte er sich verstecken.
»Was ist das Bundesamt für Strontium?«, fragte Lilli.
»Mir ist nichts mehr eingefallen.« Frau Wilhelms setzte den Blinker und bog ab auf die Uferstraße. »Das gibt's gar nicht. Strontium ist ein chemisches Element. Gehört zu den Erdalkalimetallen.« Und noch während sie das sagte, musste sie lachen, und Sneaker kläffte, als würde er mitlachen.
»Am Montag geh ich mit ihm zum Tierarzt«, sagte Frau Wilhelms in ernsterem Ton.
»Also behalten wir Sneaker?«
»Aber du bist für ihn verantwortlich.«
Lilli streichelte ihren Schützling, und Frau Wilhelms erzählte, dass sie sich als Kind immer einen Hund gewünscht hatte. »Aber meine Eltern … Keine Chance.«
»Kenn ich«, murmelte Lilli und versuchte, nicht daran zu

denken, wie ihr Vater wohl reagieren würde. Seufzend kraulte sie Sneaker und der knabberte an ihrem Turnschuh rum.
Eine Weile fuhren sie schweigend dahin.
Über den Rückspiegel sahen sie sich kurz in die Augen. Und dann berührte Lillis Hand die Schulter von Frau Wilhelms.
»Wenn du unser Schiff sehen willst, musst du jetzt links abbiegen, Luisa.« Ohne darüber nachzudenken, hatte Lilli ihre Lehrerin geduzt.
»Gern.« Luisa bog ab. »Aber in der Schule bleiben wir beim Sie.« Luisa zwinkerte, als hätte sie einen Witz gemacht.

Lilli wickelte sich die Hundeleine ums Handgelenk und stieg aus. Luisa stand ein paar Schritte vor ihr und bewunderte die *Mystery*. »Da habt ihr echt ganze Arbeit geleistet, das Boot ist ja nicht wiederzuerkennen.«

»Die großen Sachen hat Papa gemacht, aber wir waren auch fleißig! Sogar die Jungs.«

Luisa kletterte die Leiter rauf an Deck. Lilli reichte ihr das Steuerrad hoch, und Sneaker bellte das Schiff an, als würde er eine alte Bekannte begrüßen.

Da erst bemerkte Lilli es. Ihr blieb kurz die Luft weg, als hätte ihr jemand einen Magenhieb versetzt. Die Galionsfigur! Ein Flügel des fliegenden Huhns war abgebrochen. Wie konnte das nur passiert sein? Lilli suchte das Gras danach ab, fand das fehlende Teil aber nicht.

»Suchst du das hier? Das lag hier oben neben der Luke.« Luisa hielt den abgebrochenen Flügel hoch.

Von allein konnte er nicht abgebrochen sein. Sonst hätte er ja irgendwo unten am Schiff liegen müssen, ging es Lilli durch den Kopf.

Luisa lehnte den Flügel neben das Steuerrad an die Kajüte,

kletterte von Bord und begutachtete kopfschüttelnd die demolierte Galionsfigur. »Wer macht denn so was?«
Ole, dachte Lilli und wurde unendlich traurig. Da half es auch nichts, dass Sneaker seinen Kopf an ihrem Knie rieb.

Natürlich schimpfte Lillis Vater wegen Sneaker. Und zwar ziemlich laut. Und je lauter er schimpfte, desto lauter bellte der Hund. Und als kurz niemand auf ihn achtete, hatte Sneaker auch schon das Schuhregal umgeworfen und ein Loch in die neuen schwarzen Schuhe von Lillis Vater gebissen.
»Am besten gehst du jetzt mal kurz Gassi mit ihm«, sagte Luisa zu Lilli und klopfte dann an die Wohnzimmertür, die Lillis Vater soeben zugeknallt hatte. »Stefan ... jetzt lass uns doch vernünftig darüber reden!«
Lilli führte Sneaker den weiten Weg bis runter zum Fluss. Als sie wieder zurückkam, traten Herr und Frau Röhrich gerade zusammen mit einer jüngeren Frau auf die Straße. Lilli ging hinter einem parkenden Auto in Deckung. Sie hatte keine Lust, den Röhrichs zu erklären, wieso sie jetzt plötzlich mit einem Hund durch die Gegend spazierte.
Der Nachbar begleitete die Frau zu ihrem Auto, es war ausgerechnet das, hinter dem sich Lilli versteckte. Sie huschte mit Sneaker hinter das nächste Auto.
Herr Röhrich reichte der Frau ein Netz voller Äpfel.
»Danke, Papa.« Die Frau packte die Äpfel ins Auto und stieg ein. Sie fuhr davon und winkte.

Herr Röhrich hielt sein Haarteil fest und ging Richtung Haus, da bellte Sneaker. Der Nachbar drehte sich um und entdeckte Lilli. »Kaum hast du das Federvieh weggeschafft, schleppst du so einen verlausten Köter an.«

Lilli verzog sich schnell ins Haus. Kurz stand sie im Flur und lauschte. Es war nichts zu hören. Aber das Schuhregal war leer geräumt. Wo waren all die Schuhe hin? Sneaker machte Männchen vor dem Garderobenschrank und knurrte. Da entdeckte Lilli die Schuhe. Ganz oben, außerhalb von Sneakers Reichweite, standen sie aufgereiht auf dem Garderobenschrank. Papas Wanderstiefel, Lillis Gummistiefel, Papas Mokassins und Lillis Sandalen und dazwischen die Stöckelschuhe von Luisa.

Lilli ging ins Wohnzimmer. Ihr Vater und Luisa hatten es sich barfuß auf dem Sofa gemütlich gemacht.

»Der Hund gehört Luisa«, sagte Lillis Vater streng. »Aber du bist für ihn zuständig. Ist das klar?!«

Lilli nickte.

»Was ist das überhaupt für einer?«, fragte er. »Ich meine, ein Beagle oder ein Bernhardiner, oder was?«

»Auf alle Fälle ist er ein ganz Süßer.« Luisa rutschte vom Sofa herunter und knuddelte Sneaker.

Lillis Vater seufzte.

Lilli umarmte ihn. Nicht nur wegen Sneaker, sondern überhaupt, wegen allem.

Als Lilli aufwachte, war es noch früher Morgen. Sneaker schnarchte auf dem Fransenteppich. Sie schloss die Augen und träumte weiter von der *Mystery* und ihren Abenteuern unter der Piratenflagge. Ein paar Minuten blieb Lilli Tortuga noch liegen und segelte über ein Meer aus Gedanken. Dann schlich sie mucksmäuschenstill die Treppe hinunter. Zum Glück war auch der Piratenhund mucksmäuschenstill. Offenbar hatte er kapiert, dass niemand geweckt werden sollte.
In der Küche schrieb Lilli einen Zettel für ihren Vater. *Ich bin schon zur* Mystery *geradelt. Bis später dann bei der Schiffstaufe. PS: Bitte bring Bussi und Birdie mit. Und Luisa.*
Und dann radelte Lilli durch den hellen Samstagmorgen. Keine Wolke war am Himmel. Der Schlüssel für das Schloss der Schiffsluke hing zusammen mit dem Schlüssel für ihr Fahrrad an ihrem Hosenbund. So früh am Morgen war Lilli noch nie allein unterwegs gewesen. Der Freilauf surrte, die Schlüssel klimperten leise und Sneaker lief neben ihr her. Seine Leine hatte sie am Handgelenk und im Gepäckträger klemmte die Schatztruhe.
Flache Dunstschwaden hingen noch über der Wasseroberfläche. Kurz sah es aus, als würde die *Mystery* direkt aus dem Nebel auftauchen.
Lilli schob ihr Rad bis zum Steg. Als sie es abstellte und hinüber zum Schiff sah, entdeckte sie eine Gestalt an Bord. Die Gestalt beugte sich über den Bug des Schiffes zur Galionsfigur. Es war Ole. Lilli band Sneaker schnell an ihrem Rad fest und rannte los. »Was tust du da?«

Im ersten Augenblick dachte Lilli, er wollte der Galionsfigur auch noch den zweiten Flügel abbrechen, aber dann sah sie, dass er einen Hammer in der einen und Nägel in der anderen Hand hielt. Sie kletterte die Leiter rauf an Deck der *Mystery*.

»Ich wollte das nicht«, sagte Ole. »Ich war gestern nach der Schule hier.« Oles lange Wimpern lagen wie ein Fächer vor seinen Augen. »Ich wollte nur sehen, wie weit ihr mit dem Schiff seid, und da ist mir die Leiter weggerutscht und gegen den Flügel geknallt.«

Lilli war hin- und hergerissen. Sie war wütend auf Ole, aber er tat ihr auch leid. Sollte sie ihn anschreien oder umarmen, so wie Very es mit Mitch getan hatte?

»Ich wollte es gestern gleich reparieren, aber das Werkzeug war eingeschlossen.« Er deutete mit dem Hammer auf das Vorhängeschloss an der Luke.

Lilli schwieg.

Nervös drehte er den Hammer zwischen den Händen. »Den hab ich von zu Hause mitgebracht.«

Lilli schrie ihn weder an, noch umarmte sie ihn. Sie nahm ihm nur den Hammer und die Nägel weg und schlug zwei weitere Nägel in den Flügel, der ziemlich schief aus dem Galionshuhn ragte. Ole war wirklich ein miserabler Handwerker.

Lilli kletterte die Leiter hinunter, und dann hockten sie auf dem blau gestreiften Steg, und Sneaker zeigte ihnen, wie gut Hunde schwimmen können.

Lilli erzählte, wie Luisa Randolf den Hund weggenommen hatte, und Ole erzählte, wie er und Little die Höhle am Keltenbuckel entdeckt hatten.
»Und was ist das für eine Kiste?« Ole zeigte auf die Schatztruhe auf Lillis Gepäckträger. Lilli zögerte einen Augenblick. »Schwöre, dass das immer ein Geheimnis bleibt.«
Ole hob die Hand zum Schwur. »Großes *Grottenolm*-Ehrenwort.«
Lilli holte die Schatztruhe.
»Nur um Mitternacht öffnen«, las Ole. »Was bedeutet das?«
»Abenteuer.« Lilli öffnete die Truhe. »Die haben die *Wilden Hühner* vor Jahren vergraben. Der Herzdamekarte haben wir ein ziemlich leckeres Eis zu verdanken, dem Blechküken Bussi und Birdie und der hier ...« Sie nahm die griechische Zweicentmünze heraus. »Die hat uns ein Bandenquartier namens *Mystery* verschafft.«
Ole nahm Lilli die Münze aus der Hand und betrachtete sie genauer. »Hm, aber das kann eigentlich nicht stimmen ...«
»Und ob das stimmt.« Lilli deutete erst auf das Schiff auf der Münze, dann auf die *Mystery*.
»Nein, dass die *Wilden Hühner* das alles vor ewigen Zeiten eingegraben haben. Hier! Die Münze ist erst in diesem Jahr geprägt worden.«
Lilli starrte auf die Jahreszahl. Es dauerte eine Weile, bis sie es kapierte. »Die *Wilden Hühner* haben uns reingelegt, na, warte!«

Sie warf die Münze zurück in die Truhe und klappte den Deckel zu.
Da ertönten vier Fahrradklingeln und Bob und Very radelten hinter Little und Mitch über die Wiese.
Sofort berief Lilli eine Bandenbesprechung ein: *Wilde Küken* und *Grottenolme*.
Danach machten sich Ole, Mitch und Little auf den Weg zur Olmgrotte. Die *drei Küken* schmückten die *Mystery* mit der Glitzergirlande, die Bob aus der Eisdiele mitgebracht hatte.
Da trafen auch schon die Gäste ein, gleich mehrere Autos parkten am Wiesenrand.
Lillis Vater und Luisa holten Bussis und Birdies Brutkasten aus dem Kofferraum, Bobs Vater baute zusammen mit Gelatino einen Grill auf, und Opa Hinsgen zeigte den Pokal herum, den er beim gestrigen Golfturnier gewonnen hatte.
Siegi fuhr mit seinem kleinen Rad herum, und Giulia und Bobs Mutter schmierten jeden, den sie erwischen konnten, mit Sonnencreme ein. Die Nonna saß auf einem Klappstuhl im Schatten der Weide.
Ilona war ganz begeistert von dem Namen *Mystery* und Verys Vater lobte die gute Arbeit.
Als die *Grottenolme* von ihrem kurzen Ausflug zurückkamen, schleppten sie ein Bündel aus Tarndecken möglichst unauffällig an Bord.

Fast wollte Lilli die Hoffnung schon aufgeben, da trudelten die *Wilden Hühner* doch noch ein. Sie hatten Steve, Willi und Fred im Schlepptau.

Wie erwartet, staunten Sprotte, Frieda, Trude, Melanie und Wilma nicht schlecht, als die *Küken* ihnen Bussi und Birdie zeigten.

»Bussi sieht ein bisschen aus wie Huberta«, meinte Sprotte. Sie stand mit Fred vor dem Brutkasten und die beiden hielten Händchen.

»Ich dachte, Liebe ist kompliziert«, flüsterte Lilli Sprotte zu.

»Manchmal ist sie auch ganz einfach.« Sprotte gab Fred einen Kuss.

Trude war so gerührt von den Küken, dass sie sich eine Träne aus dem Augenwinkel wischen musste. Sie hielt Bussi so lange im Arm, bis die ihr ein Loch in ihre Häkelbluse biss. »Eindeutig Hubertas Tochter!«

Und dann war es so weit. Die Männer lösten die ersten Gerüstteile links und rechts von der *Mystery*. Ihr Bug war etwa zwei Meter vom Wasser entfernt. Mehrere Baumstämme lagen bereit. Jens und Gelatino hatten Badehosen angezogen und standen bis zum Bauch im Weiher. Jeder hatte ein Seil in der Hand.

Lillis Vater legte den ersten Baumstamm vor den Bug. »Los!«, gab er das Kommando. Alle halfen mit: Einige schoben, andere zogen oder stützten die *Mystery* zur Seite hin ab. Willi, Steve und Fred stemmten sich zusammen mit Hartmut und Opa Hinsgen gegen das Heck. Und dann bewegte sich das Schiff. Der Baumstamm rollte unter den Bug und Lillis Vater legte den nächsten aus.

Gelatino verlor den Halt am schlammigen Grund, ging unter, tauchte aber gleich wieder auf. »Bin scho' wieda da!«, prustete er.

Wieder schob Lillis Vater einen Baumstamm vor die *Mystery*. »Hau ruck!«

Die *Grottenolme* schoben backbord mit den *Wilden Küken*. Luisa und Bobs Mutter schoben steuerbord mit den *Wilden Hühnern*.

»Und jetzt mit Schwung«, rief Lillis Vater.

Der Schiffsbug reckte sich über das Ufer. Und dann, als würde die *Mystery* selbst mithelfen, glitt sie mühelos hinaus.

Auch wenn es kein Ozean war, sondern nur ein Weiher, die *Mystery* hatte endlich wieder Wasser unter dem Kiel!

Die Nonna applaudierte von ihrem Platz unter der Weide aus herüber. Die Helfer jubelten. Und die Spätsommersonne schien, als gäbe es keinen Herbst.

Die *Mystery* schaukelte nur eine Viertelstunde lang auf dem Wasser. Dann lag sie fest vertäut längsseits des Stegs.
Alle versammelten sich am Ufer. Nur die *Wilden Hühner* hatte Lilli auf den Steg dirigiert. Sie sollten das Schiff taufen.
Die *Küken* und die *Olme* standen an Deck. Hinter ihnen lag das Bündel aus Tarndecken.
Sprotte, Frieda, Trude, Melanie und Wilma hielten jede eine Flasche Holunderlimo in der Hand.
»Erst Daumen drauf, dann schütteln und dann taufen«, rief Lilli runter.
Die *Wilden Hühner* standen auf dem blau gestreiften Steg und schüttelten.
Olme und *Küken* bückten sich nach den Tarndecken.
»Hiermit taufen wir dich auf den Namen *Mystery*«, sprach Sprotte weihevoll, und im gleichen Augenblick, in dem die *Wilden Hühner* das Schiff mit Holunderlimonade besprühten, wurden sie selbst klatschnass.
»Ihhh!«, kreischte Trude. »Steve, tu doch was!«
Aber bevor Steve reagieren konnte, traf ihn selbst eine Wasserladung.
»Hey, meine Frisur«, beschwerte sich Melanie.
Auf dem Steg hatten sie keine Möglichkeit, den Wasserstrahlen zu entkommen, die auf sie niederprasselten.
Frieda hielt sich die Hände vors Gesicht. Willi lachte hell auf. »Diese Küken sind schlimmer als wir damals!«
Wilma duckte sich. »Coole Wasserpistolen!« In ihrer Stimme

lag Respekt. »Aber meine damals war auch …« Weiter kam sie nicht, denn schon traf sie eine neue Wassersalve.
Lachend standen die *Wilden Küken* und die *Grottenolme* an der Reling und verpassten den *Wilden Hühnern* eine richtige Breitseite aus sechs Wasserpistolen.
»Womit haben wir denn das verdient?« Sprotte ging hinter Fred in Deckung.
»Damit!« Lilli ließ ihre Wasserpistole fallen und hob die Schatztruhe hoch. »Das war alles nur ein Schwindel von euch!«
»Hat doch geklappt. Oder habt ihr etwa keine Abenteuer erlebt?!«, fragte Sprotte.
»Doch«, rief Lilli, »und das feiern wir jetzt!«
Und das taten sie auch. Bobs Vater briet Würstchen auf dem Grill, Giulias Freund brachte eine Kühlbox voller Eiscreme und Sneaker nahm für die vielen Fußtritte seines Lebens Rache an den unterschiedlichsten Schuhen.

Lange nachdem die Erwachsenen schon heimgefahren waren, verabschiedeten sich die *Wilden Hühner*.
»Wartet«, rief Lilli. »Eure Schatztruhe.«
»Die könnt ihr behalten. Mitsamt Steves Spielkarte, meinem Blechküken und Willis Zweicentstück.« Sprotte sah Lilli tief in die Augen. »Und vergiss nie, die wahren Abenteuer warten um die Ecke, und manchmal liegen sie auch vor den eigenen Füßen.«

Die *Grottenolme* halfen noch beim Aufräumen. Gemeinsam schafften sie Bussi und Birdie an Deck und stellten den Brutkasten in der kleinen Kajüte auf, die ab jetzt die Kükenkajüte war.

Lilli, Bob und Very rollten ihre Isomatten und Schlafsäcke aus. Es war noch so warm, dass sie beschlossen, an Deck der *Mystery* unter freiem Himmel zu übernachten.

Die Sonne war schon hinterm Keltenwald verschwunden, da brachen auch die *Grottenolme* auf.

Sneaker fand ein letztes runtergefallenes Würstchen im Gras.

Mitch und Little schwangen sich auf die Räder. Nur Ole ließ sich seltsam viel Zeit. Sorgfältig untersuchte er seine Ventile und pumpte etwas Luft in den Hinterreifen.

Very und Bob schleppten gemeinsam Sneaker die Leiter hoch an Bord.

Ole stand noch immer neben seinem Rad. Vorne am Feldweg warteten Mitch und Little.

Lilli lief zu Ole. »Keine Bandenaktivitäten heute Nacht.«

»Wir halten uns an die Abmachung«, sagte Ole laut.

Dann beugte er sich zu ihrem Ohr. »Eigentlich wollte ich dir das schon die ganze Zeit geben.«

Ole drückte ihr schnell etwas in die Hand, schwang sich auf sein Rad und trat in die Pedale.

Lilli öffnete die Hand. Auf ihrer Handfläche lag die silberne Igelhaarspange.

Ganz sacht wiegte sich die *Mystery* auf dem Weiher. Leise knarzten die Seile, mit denen das Schiff am Steg festgebunden war. Hin und wieder gluckste es im Wasser. Lilli, Bob und Very lagen vor der kleinen Kajüte in ihre warmen Schlafsäcke gehüllt auf den Isomatten und schauten in den sternenklaren Nachthimmel. Sneaker lag zu Lillis Füßen und schnarchte.
»Sprotte hat recht«, sagte Lilli. »Die wahren Abenteuer liegen vor den eigenen Füßen.«
»Man muss nur die richtigen Freundinnen haben.« Bob kuschelte sich tiefer in ihren Schlafsack.
»Und Freunde«, murmelte Very.
Und dann hörte man nur noch Bussi und Birdie in der Kajüte. Die beiden gackerten so leise miteinander, dass es schon eher ein Flüstern war als ein Gackern. Ein Kükenflüstern.

Bob und Very waren längst eingeschlafen, fast wären auch Lilli die Augen schon zugefallen. Sie streckte ihre Füße aus und stutzte. Irgendetwas fehlte. Sneaker. Er lag nicht mehr auf ihrem Schlafsack. Lilli richtete sich auf. Sie tastete nach der Taschenlampe neben sich und kletterte durch die offene Luke hinunter in den Bauch der *Mystery*.
Sneaker scharrte an einer Bodenplanke. Lilli zog ihn zur Schiffstreppe, um ihn wieder mit nach oben zu nehmen. Aber Sneaker riss sich los und kratzte erneut an der gleichen Stelle.
»Was ist denn da, Sneaker?«

Sneaker bellte aufgeregt.
Kurz entschlossen griff Lilli in der Werkzeugkiste nach einem Stemmeisen und hebelte die Planke aus dem Schiffsboden.
»Was ist denn los?« Bob kam heruntergeklettert und hinter ihr erschien Very.
Lilli zog einen alten, staubigen Ballettschuh aus dem Hohlraum unter der Planke.
Very hielt Sneaker am Halsband fest. »Was hat das zu bedeuten?«
Lilli verstaute den Ballettschuh in der Schatztruhe und schloss den Deckel. »Keine Ahnung. Aber wir werden es herausfinden!«

»Keine alleine, alle oder keine!«

LESEPROBE

Ein weiteres Banden-Abenteuer wartet schon auf dich! Viel Spaß mit der Leseprobe aus »Die Wilden Hühner auf Klassenfahrt« von Cornelia Funke.

Das da links sind sie, die Wilden Hühner – Sprotte und ihre beste Freundin Frieda, die schöne Melanie und Trude, die ein bisschen zu dick und Melanies größte Bewunderin ist. Einen ganzen Sack voll Abenteuer haben sie schon gemeinsam erlebt, seit Sprotte die Idee hatte, eine echte Mädchenbande zu gründen. Dabei mochten die vier sich am Anfang nicht mal besonders. Aber dann wurden sie die Wilden Hühner, trafen sich jeden Tag nach der Schule, tranken Tee, fütterten die Hühner von Sprottes Oma, lösten das Rätsel des schwarzen Schlüssels – und waren plötzlich Freundinnen. Richtige Freundinnen.

Ach ja, die Wilden Hühner sind nicht die einzige Bande, von der in dieser Geschichte die Rede sein wird. Da gibt es nämlich noch vier Jungs, die mit den Hühnern in dieselbe Klasse gehen. Sie nennen sich die Pygmäen, tragen alle einen Ohrring und haben den Wilden Hühnern schon eine Menge Ärger gemacht – bis sie ihnen buchstäblich ins Netz gingen, aber das ist eine andere Geschichte …

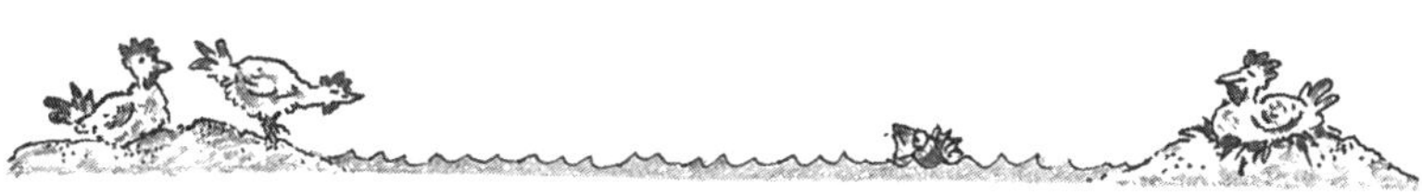

Jetzt herrscht Frieden zwischen Hühnern und Pygmäen. Seit vier Monaten. Eine verflixt lange, langweilige Zeit, finden die Jungs …
Und damit sind wir schon in einer neuen Geschichte. Also, Vorhang auf für die Wilden Hühner.

»Hier rein!«, rief Sprotte und riss die Abteiltür auf. »Schnell, beeilt euch.«

Sie warf ihre Reisetasche auf einen Sitz, die Jacke auf den nächsten und ließ sich selbst auf den Platz am Fenster plumpsen.

»Mann, hast du es wieder eilig!«, stöhnte Frieda. Mit ihrem vollgepackten Rucksack blieb sie fast in der Abteiltür stecken.

»Wo sind die andern?«, fragte Sprotte.

»Kommen gleich«, antwortete Frieda und bugsierte den Rucksack ins Gepäcknetz.

»Leg deine Jacke auf den leeren Sitz da«, sagte Sprotte. »Und zieh den Vorhang zu. Dass hier nicht noch andere reinkommen.«

Draußen auf dem Gang schoben sich ein paar Jungs aus ihrer Klasse vorbei. Fred streckte Frieda die Zunge raus, Torte und Steve schielten um die Wette.

»Guck dir die Idioten an.« Frieda kicherte, schnitt ihre

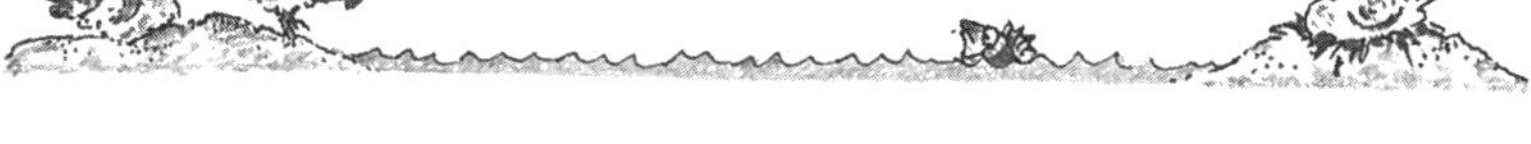

scheußlichste Grimasse und schielte zurück. Dann zog sie den Vorhang zu. Die Jungs klopften gegen die Scheibe und drängelten ins Nachbarabteil.

»Also«, Frieda ließ sich wieder auf ihren Sitz fallen. »Die Pygmäen sind nebenan. Bis auf Willi. Aber der kommt wohl noch.«

»Na, das kann ja lustig werden«, sagte Sprotte und legte die langen Beine auf den Sitz gegenüber.

Jemand schob die Abteiltür auf. Melanie, auch die Schöne Melanie genannt, steckte den Kopf durch den Vorhang. »Wie sieht's aus, ist hier noch Platz für zwei Wilde Hühner?«

»Hereinspaziert«, sagte Sprotte. »Ist Trude bei dir?«

»Klar.« Melanie schob eine riesige Reisetasche ins Abteil.

»Morgen«, murmelte Trude verschlafen.

»Meine Güte.« Sprotte half Melanie, ihre Riesentasche ins Gepäcknetz zu hieven. »Was hast du denn alles mitgenommen? Deinen ganzen Schminktisch, oder was?«

»Haha!« Melanie setzte sich neben Frieda und strich sich die Locken aus dem Gesicht. »Klamotten natürlich. Am Meer weiß man nie, wie das Wetter wird.«

Sprotte zuckte die Achseln. »Hauptsache, du hast deine Kette dabei.«

»Na, was denkst du denn?« Melanie polierte mit einem Taschentuch ihre Lackschuhe. Um ihren Hals baumelte ein Kettchen mit einer Hühnerfeder. Genau wie bei den drei andern, nur dass deren Federn an Lederbändern hingen.

Die Feder um den Hals war das Bandenzeichen, und nur ein echtes Wildes Huhn durfte sie tragen.
»Ich glaub, es geht los«, sagte Trude.
Mit einem Ruck setzte sich der Zug in Bewegung. Langsam fuhr er aus dem dunklen Bahnhof hinaus ins Sonnenlicht.
»Genau das richtige Wetter für unsere Inselreise, was?« Melanie zog eine Tüte Gummibärchen aus der Jacke und hielt sie den andern dreien hin. »Hier, auf eine tolle Klassenfahrt.«
Sprotte und Frieda bedienten sich, aber Trude schüttelte den Kopf. »Nee, danke, ich bin auf Diät.«
»Seit wann das denn?«, fragte Sprotte.
»Seit vorgestern.« Verlegen zupfte Trude an ihrem Pony herum. »Ein Pfund hab ich schon abgenommen. Jedenfalls fast.«
»Auf Diät bei einer Klassenfahrt?« Melanie kicherte. »Keine schlechte Idee. Bei dem Essen, das uns wahrscheinlich erwartet.«
»Stimmt.« Sprotte guckte aus dem Fenster und schrieb mit dem Finger ihren Namen auf die staubige Scheibe. Der Zug fuhr über eine Eisenbahnbrücke. Unter ihnen glitzerte der schmutzige Fluss im Sonnenlicht. »Wisst ihr was, ich bin richtig aufgeregt.«

SPROTTE
FRIEDA
MELANIE
TRUDE